KB209788

불량한 자전거 여행

창비아동문고 250

불량한 자전거 여행

2009년 7월 28일 초판 1쇄 발행
2024년 8월 5일 초판 86쇄 발행
2024년 12월 20일 개정판 1쇄 발행

지은이 ● 김남중
그린이 ● 허태준

펴낸이 ● 염종선
책임편집 ● 이우정
디자인 ● 권희원
조판 ● 신혜원
펴낸곳 ● (주)창비
등록 ● 1986. 8. 5. 제85호
제조국 ● 대한민국
주소 ● 10881 경기도 파주시 회동길 184
전화 ● 031-955-3333
팩스 ● 031-955-3399(영업) 031-955-3400(편집)
홈페이지 ● www.changbi.com
전자우편 ● enfant@changbi.com

ISBN 978-89-364-4881-3 73810

불량한 자전거 여행

김남중 장편동화 | 허태준 그림

창비

● 차례 ●

1. 밤 열한 시 마지막 기차 ● 7
2. 여자친구의 이상한 여행 ● 31
3. 섬진강을 따라가며 지리산을 보다 ● 60
4. 거지 떼 ● 87
5. 불지옥과 물 천국 ● 118
6. 모닥불, 그리고 열네 번째 참가자 ● 144
7. 아! 미시령 ● 173
8. 출발 준비 ● 198

작가의 말 | 자전거 도둑과 자전거 여행 ● 230

1. 밤 열한 시 마지막 기차

"학원 다녀왔습니다."

집 안에 메아리가 쳤다. 8월인데도 온몸에 으스스 소름이 돋는 것 같았다.

나는 텅 빈 거실에 불을 켰다. 안방과 내 방에도 불을 켰다. 다용도실과 베란다에까지, 전등을 있는 대로 다 켰다. 텔레비전 리모컨을 눌러 가장 시끄러운 방송을 찾았다.

"오늘이 아니면 찾아볼 수 없는 가격! 99,900원에 제주 은갈치가 무려 열두 마리!"

"구이면 구이, 조림이면 조림, 부모님 밥상에도, 아이들 반찬에도 딱입니다."

"구입하시는 모든 분께 간고등어 한 손을 사은품으로 드립니다. 지금 전화 주세요."

텔레비전에서 온 식구가 함께 밥을 먹는 장면이 나왔다. 할아버지와 할머니, 아빠와 엄마, 여자애와 남자애가 있다. 남자애는 3, 4학년쯤 돼 보이는데 젓가락질도 못 하는지 엄마가 갈치 살점을 뜯어 자꾸 입에 넣어 주었다. 갑자기 그 애가 보기 싫어졌다. 배가 고파서 그럴 거다. 배가 고프면 짜증이 잘 나니까.

냉장고에 붙은 노란 쪽지가 보였다. 쪽지 색깔이 다를 뿐 내용은 어제와 똑같았다.

'엄마 조금 늦으니까 저녁밥 먼저 먹어.'

"네, 네."

대답은 시원하게 했지만, '조금'이 조금이 아닐 게 뻔하다. 요즘엔 엄마가 계속 늦는다. 아빠가 신데렐라라서 다행이다. 아빠는 열두 시가 되어야 집에 들어오기 때문에 엄마가 언제 들어오는지 잘 모른다.

냄비에 물을 부어 가스레인지에 올렸다. 라면 봉지를 뜯자마자 문소리가 났다. 엄마라고 생각했는데 아빠가 들어왔다.

"아빠, 왔어?"

아빠는 대답도 없이 집 안을 둘러보았다. 남의 집 구경 온 사람 같았다.

"엄마는?"

"조금 늦는대."

아빠가 내 손에 있는 라면 봉지를 노려보다가 소파에 털썩 앉았다. 아빠도 배가 고픈가 보다. 뉴스를 보면서 리모컨을 불끈 움켜쥐고 있다. 여차하면 아나운서를 향해 리모컨을 던질 것 같다. 아무래도 기분을 좀 풀어 줘야 할 것 같았다.

"아빠, 김치라면 끓여 줄까?"

"됐다."

아빠의 대답은 짧았다. 아빠가 하루 종일 집에서 하는 말을 모두 더하면 열 마디쯤 될까? 엄마가 일을 시작하면서 아빠는 더욱 말이 줄었다. 엄마도 덩달아 입을 다물었다. 우리 집에서 나는 말소리의 99.9퍼센트는 텔레비전 소리다.

전에는 이렇지 않았다. 엄마 아빠가 자주 싸우기는 했지만 그만큼 자주 화해도 했다. 그러다가 화해가 먼저 줄었다. 신기하게 싸움도 따라서 줄었다. 우리 집은 동굴 속처럼 조용해졌다. 나는 엄마 아빠 사이가 좋아진 줄 알았다. 그런데 그게 아니었다. 엄마 아빠는 조용히 자기 할 일만 했다. 가만히 보니 엄마와 아빠는 서로가 보이지 않는 것 같았다. 말을 걸지도 않았고 움직이는 공간도 달랐다. 아빠가 거실에 있으면 엄마는 안방에서 나오지 않았고, 엄마가 주방에 있으면 아빠는 아무 것도 먹지 않았다. 괜히 가운데 낀 나만 힘들었다. 똑같은 이야기를 두 번씩 해야 했고 화풀이도 다 나한테 돌아왔다.

차라리 옛날이 나았다. 일주일에도 몇 번씩 싸웠지만 그때는 엄마 아빠가 서로에게 관심이라도 있었던 것 같다. 없는 돈 때문에 싸우고, 바닥에서 기는 내 성적 때문에 싸우고, 서로 무시한다고 싸우던 그때로 돌아가고 싶었다. 하루하루가 지옥 같던 그때가 그리워질 줄 정말 몰랐다.

엄마가 일을 시작한 건 지난겨울부터다. 진눈깨비가 내리던 날 저녁, 뉴스가 끝나자마자 휴대전화를 집어 든 아빠한테 엄마가 오랜만에 말을 걸었다.

"나 다시 일할 거야."

아빠가 물끄러미 엄마를 바라보았다. 교통사고가 난 자동차를 보는 것 같았다. 엄마가 아빠 눈길을 맞받으며 말했다.

"내일부터야."

아빠가 다시 신문으로 눈을 돌렸다. 엄마는 아빠 뒤통수에 대고 할 말을 다 했다.

"호진이 학원도 더 나은 데로 옮겨야 하고 중학교 선행 학습도 해야 돼. 무슨 말인지 알지?"

나도 무슨 말인지 알 것 같았다. 돈이 더 든다는 얘기였다.

아빠는 대답이 없었다. 엄마도 할 말 다 했다는 듯 안방으로 들어갔다.

다음 날부터 엄마는 출근을 했고 저녁 무렵에 퇴근을 했다. 엄마는 내 학원을 둘에서 셋으로 늘렸다. 나는 밤 아홉 시가 넘어야 집에 올 수 있었다. 집에 있는 시간보다 밖에 있는 시간이 더 많았다. 엄마도 그랬고 아빠도 그랬다. 주말에 온 식구가 집에 있을 때는 서로 외계인 보듯 어색해했다. 그래서인지 아빠는 주말에도 회사에 갔다.

보통은 엄마가 아빠보다 일찍 들어오는데 오늘은 반대다. 아빠는 고장 난 로봇처럼 꼼짝하지 않고 두 시간 넘게 텔레비전만 봤다. 나는 몇 번이고 시계를 봤다. 지금 들어와도 늦은 건데 엄마는 좀처럼 오지 않았다. 이만큼 늦으면 술을 마신다는 거다. 일을 시작하면서 엄마는 종종 술을 마시고 들어왔다. 아빠한테 차라리 술하고 결혼하라며 화내던 엄마였는데 일을 시작하면서 똑같아졌다.

엄마가 집에 들어온 건 열두 시가 조금 넘어서였다. 아빠는 그때까지 옷도 갈아입지 않고 텔레비전만 봤다. 나는 문소리가 나자마자 후다닥 달려 나갔다.

엄마가 신발을 아무렇게나 벗어 놓으며 말했다.

"아직 안 잤어? 엄마 기다렸니?"

엄마 입에서 뜨뜻 달콤한 냄새가 확 풍겼다. 엄마는 가방을 안방에 던져 넣고 냉장고 문을 열었다. 물병을 꺼내 차가운 물을 벌컥벌컥 마시자 물이 목을 타고 흘러내렸다.

물병을 입에서 뗀 엄마가 빈 그릇이 담긴 싱크대를 노려보았다.

"이게 뭐야? 설거지 남겨 놓은 거야?"

실은 그랬다. 혼자 라면 끓여 먹었다는 걸 엄마한테 보여 주고 싶었다. 미안해하는 걸 보고 싶기도 했다. 엄마 아빠가 '내일부턴 꼭 밥 챙겨 줄게.'라고 말하길 바랐다.

"밥 먹으랬지 라면 먹으랬어? 몇 학년인데 그것도 못 해?"

엄마 목소리가 높아졌다. 나는 방으로 들어가 버렸다. 설거짓거리를 남겨 두면서 조금 미안한 마음이 있었는데 엄마 목소리를 들으니 순식간에 사라져 버렸다. 보통 때 같으면 엄마가 말없이 설거지를 했을 텐데 오늘은 달랐다.

"신호진! 안 나와?"

엄마 목소리가 커지자 텔레비전 소리가 따라서 커졌다. 이러다가 또 경비실에서 전화가 올 것 같았다.

주방으로 가자 엄마가 싱크대를 가리키며 말했다.

"네 그릇 치워. 내가 설거지 기계인 줄 알아? 나도 일하고 들어와서 피곤해."

“엄마, 술 마셨잖아. 술 마시는 게 일이야?”

나도 기분이 별로 좋지 않았다. 열두 시가 넘었다. 다른 집 같으면 쿨쿨 잘 시간이다.

엄마가 허리에 손을 척 얹었다.

“왜 나한테만 그래? 네 아빠한테는 그런 말 한 적 있어?”

아빠가 리모컨을 내던지고 일어났다. 뉴스가 갑자기 홈 쇼핑 방송으로 바뀌었다. 아빠가 문을 열고 밖으로 나갔다. 엄마도 안방으로 들어가 버렸다.

“튼튼하고 날씬한 몸매를 원하십니까? 건강한 몸매를 뽐내고 싶으시다고요?”

나는 리모컨을 찾아 텔레비전을 껐다. 집 안이 조용해졌다. 거실 불을 끄고 주방 불도 껐다. 내 방 불까지 끄자 집 안이 어두워졌다. 닫힌 안방 문틈으로만 불빛이 새어 나왔다.

아빠는 내가 잠들 때까지 돌아오지 않았다. 오늘도 어제랑 비슷했다. 내일은 좀 다르면 좋겠다. 제발 그러면 좋겠다.

피시방에서 나오니 여덟 시 반이었다. 학원 끝나려면 30분쯤 남았는데 그냥 집에 가기로 했다. 어차피 아무도 없는 집, 내가 몇 시에 들어왔는지 모를 거라고 생각했는데 뜻밖에 거실에 불이 켜져 있다. 팔짱을 낀 엄마가 나를 쏘아봤다.

"너, 어디서 오는 길이야?"

"학원."

"학워언?"

엄마 말꼬리가 비틀려 올라갔다. 가슴이 덜컥했지만 벌써 말해 버렸으니 어쩔 수 없었다. 엄마가 피식 웃더니 내 눈앞에 휴대전화를 내밀었다. 화면에 숫자들이 보였다. 엄마도 아빠처럼 복권을 사나?

엄마한테 물었다.

"이게 뭔데?"

"너 결석한 날이라고 학원에서 문자 메시지 보낸 거야. 무슨 짓을 하고 다니는 거야, 도대체!"

무슨 짓을 하고 다니는지 정말 궁금해서 묻는 말이 아닐 거다. 학원에 가기만 하면 내가 뭘 하든 관심이 없듯, 학원에 안 가기만 하면 내가 하는 일은 모두 나쁜 짓이 될 테니까.

엄마가 손바닥으로 내 등을 철썩 때렸다.

"학원비가 하늘에서 뚝 떨어지는 줄 알아? 엄마가 왜 밤늦게까지 고생하고 다니는데?"

나도 궁금했다. 엄마는 나를 학원에 보내기 위해 일을 하는 걸까, 일을 하기 위해 나를 학원에 보내는 걸까?

엄마는 내 성적이 오르지 않는 이유를 이제야 알겠다는 표정이었다. 하지만 엄마가 아는 건 절반뿐이다. 하루도 빠짐없이 학원에 가도 내 성적은 오르지 않을 거다. 내가 공부를 포기했듯 학원에서도 날 포기한 지 오래다. 꼬박꼬박 받는 학원비 때문에 공부를 시키는 척할 뿐.

"학원 빼먹고 어디 갔느냐니까!"

엄마 손이 점점 매워졌다. 참으려고 했는데 너무 아팠다. 나는 내 팔을 잡은 엄마 손을 뿌리쳤다. 중심을 잃은 엄마가 비명을 지르며 주저앉았다.

"신호진!"

버럭 고함 소리가 들렸다. 언제 왔는지 아빠가 구두도 벗지 않고 달려 들어왔다.

"너, 이 자식!"

눈앞에 불꽃이 튀고 귀가 멍멍했다. 정신을 차려 보니 나도 엄마 옆에 쓰러져 있었다.

"어디서 배워 먹은 버릇이야? 어디서 엄마를!"

"호진이한테 손대지 마!"

엄마가 벌떡 일어나더니 내 어깨를 잡은 아빠 손을 풀었다.

"참견하지 마. 당신이 언제 호진이 교육시키는 데 관심이나 있었어?"

"교육? 말 잘했다. 그렇게 교육에 신경 쓰는 사람이 애 혼자

놔두고 밖으로 나돌아?"

"그게 누구 때문인데. 누구 때문에 내가 이 고생을 하는데?"

엄마 아빠 목소리가 점점 높아졌다. 둘 다 상대의 말 중에 대답하고 싶은 말에만 대답했다. 엄마 아빠한테 나는 보이지 않는 것 같았다.

"다 그만두자. 지긋지긋하다, 정말!"

"누가 할 소리. 지긋지긋한 건 나야!"

왼쪽 뺨이 뜨거웠다. 거울을 보니 빨간 손자국이 보였다. 아빠의 오른손이었다. 볼이 화끈거리지만 않는다면 남의 얼굴을 보는 것 같았다. 아빠한테 맞은 건 처음이었다. 기분이 이

상했다. 내가 길거리에 나뒹구는 쓰레기가 되어 버린 것 같았다. 밟히고 밟혀 길바닥에 까맣게 눌어붙은 껌 자국이 되어 버린 것 같았다.

나는 고장 난 신호등이었다. 어쩔 줄 몰라 하는 내가 가운데 있었지만 누구도 신경 쓰지 않았다. 엄마 아빠 사이에 지난 몇 달 동안 한 말보다 더 많은 말이 오갔다.

나는 조용히 문을 열고 밖으로 나왔다. 집 안에 더 있으면 귀가 찢어지게 비명을 지를 것만 같았다. 엘리베이터를 타지 않고 계단으로 내려갔다. 한 층 한 층 내려갈 때마다 자동으로 전등이 켜졌다.

아파트 놀이터 가장자리에 있는 긴 의자에 앉아서 우리 집 창문을 올려다보았다. 고장 난 수도꼭지처럼 눈물이 조금씩 흘러나왔다. 엄마 아빠 목소리가 놀이터까지 들렸다. 위아래 층 사람들 중 몇몇이 베란다에 나와서 소리가 어디서 나는지 기웃거리는 모습이 보였다. 불이 꺼진 집이 별로 없었다. 아홉 시 반이면 잠들기에 이른 시간이다. 이맘때면 다들 수박을 먹으며 텔레비전을 보고 있을 텐데 나는 왜 여기 나와 있어야 할까. 어디로든 가 버리고 싶은데 갈 곳이 없다. 모기가 자꾸 종아리를 물었다. 나는 종아리를 힘껏 때렸다. 때리고 또 때렸다.

"이놈의 모기! 나쁜 놈! 나쁜 새끼!"

때려도 잠깐뿐, 종아리가 다시 간지러웠다. 침을 바르고 박박 긁어도 참을 수가 없었다. 견디다 못해 집으로 들어갔다.

소리 없이 내 방으로 가려는데 안방에서 이야기 소리가 들렸다. 싸우는 소리가 아니었다. 조용히 주고받는 말소리였다. 엄마 아빠가 어느새 화해를 한 모양이었다. 별일이었다. 나는 문 가까이 가서 귀를 기울였다.

엄마 목소리가 들렸다.

"호진이는 내가 키워."

"누구 맘대로? 당신은 애를 아예 잡을 거야."

"당신한테 가면 호진이가 당신 동생처럼 사회 부적응자가 될걸?"

"석기 얘기가 왜 나와? 어차피 갈라서기로 한 거 곱게 헤어지자."

"내 말이 그 말이야."

헤. 어. 지. 자.

한국말인데 한동안 뜻이 생각나지 않았다. 엄마 아빠가 이혼을 한다? 이혼은 드라마에만 나오는 것인 줄 알았다. 남의 집 이야기로만 알았다. 눈앞이 캄캄했다.

나는 방으로 들어와 침대에 앉았다. 물통에 검은 물감이 한 방울 떨어진 것처럼 머릿속에 우울한 생각이 자꾸 퍼져 나갔다. 엄마 아빠가 헤어지면 나는 누구랑 살게 될까? 아빠? 아빠는 회사 좀비다. 회사 말고는 보이는 게 없다.

"나라고 이렇게 살고 싶은 줄 알아? 나도 꿈이 있었단 말이다."

아빠는 술을 마시면 종종 나를 붙잡고 하소연을 한다. 당장 회사를 그만둘 것처럼 큰소리를 치기도 한다. 하지만 다음 날 아침이면 입에서 술 냄새를 풍기며 아침도 못 먹고 허겁지겁 회사로 달려가는 아빠. 아빠한테 집은 잠을 자는 곳이다. 몸은 집에 있어도 마음은 회사에 가 있다.

엄마도 한 가지만 생각한다. 어떻게 하면 내 성적을 올릴까,

그러려면 나를 어떤 학원에 보내야 할까로 고민하지만 마지막엔 늘 돈이라는 벽에 부딪힌다. 나는 공부를 별로 좋아하지 않는데 엄마는 학원만이 그 문제를 해결해 줄 거라고 믿는다. 학원에 가도 나는 공부를 하지 않는다. 엄마는 '학원에서 공부 잘하는 방법을 가르치는 학원'이 생기기를 바랄 거다. 엄마랑 살면 숨이 막힌다. 조금도 버티기 힘들 만큼.

처음엔 불안했는데 차츰 화가 났다. 나도 엄연히 우리 집의 3분의 1인데 내 생각은 물어보지도 않았다. 나도 생각할 수 있고 말할 수 있고 움직일 수 있다. 엄마 아빠는 나를 무시했다.

더는 이런 집에 있고 싶지 않았다. 어딘가 다른 곳으로 가고 싶었다. 엄마 아빠가 없는 곳이면 어디라도 좋다.

갑자기 외할머니가 보고 싶었다. 지금 당장 춘천으로 갈까? 마음은 그러고 싶은데 망설여졌다. 엄마 아빠가 헤어지려고 해서 내가 집을 나왔다는 걸 알면 할머니는 마음이 찢어질 거다. 내가 가장 좋아하는 할머니를 아프게 하고 싶지 않았다. 게다가 내가 없어지면 엄마 아빠는 춘천으로 가장 먼저 연락할 거다. 집 나온 지 몇 시간 만에 잡히고 싶지는 않았다. 할머니를 위해서라도 이 일을 비밀로 해야 한다.

그러면 어떻게 할까? 전단 아르바이트? 신문 배달? 아무거나 좋다. 오토바이는 탈 줄 모르지만 자전거로 하면 된다. 중요

한 건 집을 나가는 거다. 난 자유가 된다. 학교도 학원도 모두 안녕이다. 방바닥의 머리카락만큼도 나한테 신경 쓰지 않는 엄마 아빠를 놀라게 할 수 있다면 뭐든지 괜찮다. 걱정하게 할 수 있다면 더 좋다. 후회하게 할 수 있다면 더 바랄 게 없다.

학원 생각을 하자 엄마 목소리가 들리는 것 같았다.

"너 학원 자꾸 빠지면 대학 못 가! 대학 못 가면 네 삼촌처럼 된단 말이야. 대학은커녕 고등학교도 못 나왔으니 변변한 직업 하나 없어. 직업이 없으니 돈을 못 벌어. 돈을 못 버니 결혼도 못 해. 당연히 집도 없어. 뭘 해서 먹고사는지 알 수도 없어. 그런 주제에 자존심은 있어 가지고 옳은 소리 하면 눈을 똑바로 뜨고 달려들지. 너 그런 사람 되고 싶어?"

그렇다. 나한테는 아빠보다 열두 살 아래인 삼촌이 있다. 엄마는 삼촌이 빈둥빈둥 인생을 낭비한다고 흉을 봤다. 한 해에 한두 번 명절에 만날 때마다 아빠랑 삼촌은 서로 으르렁댔다. 주고받는 말도 매번 비슷했다.

"요새 무슨 일 하냐?"

"재밌는 일."

"얼마나 버냐?"

"먹고살 만큼."

"계속 그렇게 살래?"

"형도 계속 그렇게 살래?"

아빠는 삼촌을 철없는 사람 취급했고 삼촌은 아빠 말을 한 쪽 귀로만 듣는 것 같았다. 남들 모두 삼촌을 딱하게 생각하지만 삼촌은 혼자서 남들을 불쌍하게 여겼다. 나를 대할 때도 별로 다르지 않았다. 다른 집 삼촌들은 용돈도 주고 잘 놀아 주기도 한다는데 우리 삼촌은 그런 점에서는 빵점이었다. 불량 삼촌! 그런 삼촌이라면 내가 가출을 했다고 해도 집으로 돌아가라고 할 것 같지 않았다.

의자에 앉아서 삼촌한테 도망갈 궁리를 했다. 어디 사는지 아는 사람이 없기 때문에 삼촌한테 가기만 한다면 잡힐 걱정은 없다. 하지만 며칠이나 안 감은 까치집 머리에 새까맣게 탄 얼굴, 반바지 아니면 찢어진 청바지만 입고 다니는 삼촌의 차림새를 생각하니까 좀 망설여졌다. 엄마 말 중에 딱 하나 마음에 와닿는 말이 있다면 바로 "삼촌 닮으면 큰일 난다."라는 말이었다. 그렇기 때문에 마음이 더 삼촌 쪽으로 갔다. 삼촌한테 간다면 엄마도 아빠도 펄쩍 뛸 게 분명하다. 확실한 복수다.

나는 아빠가 쓰는 작은방으로 가서 아빠 휴대전화를 찾았다. 그리고 삼촌 전화번호를 찾아서 내 휴대전화로 보냈다. 내 방으로 돌아와 얇은 여름 이불을 뒤집어쓰고 전화번호를 눌렀다. 한참 동안 통화 연결음이 이어진 뒤에야 삼촌이 전화를 받았다.

"여보세요?"

"삼촌, 나 호진이."

"웬일이냐?"

나는 거짓말을 했다. 방학이라 삼촌한테 가고 싶다고, 엄마 아빠도 허락을 했다고.

삼촌은 한동안 대답이 없었다. 혹시 안 된다고 할까 봐 마음이 조마조마했다.

"가도 되지? 응?"

"일이 좀 있는데."

삼촌답지 않게 머뭇거렸다. 삼촌을 이용해야 하는데 첫 단추부터 쉽지가 않았다. 그래도 거절은 아니었다. 지금 밀어붙여야 한다. 나는 최대한 착한 목소리를 냈다.

"방해 안 할게. 그냥 옆에 있기만 할게."

"삼촌은 내일부터 보름 정도 여행을 떠난다. 여행 떠나기 전에 네가 여기까지 오기도 힘들고, 온다고 해도 못 버틸 거다."

여행? 토끼처럼 귀가 발딱 서는 것 같았다. 여행을 간다니 더 따라가고 싶었다. 나는 일부러 화가 난 척했다.

"삼촌, 나 무시하는 거야? 나 초등학교 6학년이야. 내년이면 중학생이라니까."

삼촌은 대답을 하지 않았다. 몇 초가 몇 분처럼 흘렀다. 작전을 바꿔 슬픈 목소리로 삼촌을 불렀다.

"삼초온!"

"받아 적어라."

삼촌이 불쑥 말했다. 나는 얼른 이불을 걷어차고 허겁지겁 볼펜과 종이를 찾았다.

"용산역에 가면 열한 시 십 분에 출발하는 광주행 막차가 있다. 무궁화호니까 광주까지 네 시간 반쯤 걸릴 거다. 아침 일곱 시까지 풀빛연합을 찾아와라. 늦으면 그냥 떠난다."

삼촌이 먼저 전화를 끊었다. 한 번도 가 보지 않았지만 광주는 아주 먼 곳이다. 집에서 멀면 더 좋다. 나는 시계를 봤다. 열 시 십 분이었다. 용산역까지는 30분쯤 걸린다. 그것도 지하철이 바로 있으면 말이다. 생각할 시간이 없었다.

나는 재빨리 가방에 옷과 양말을 넣었다. 팬티, 만능 칼, 수첩, 손전등도 넣었다. 게임기를 가져갈까 고민하다가 내려놓았다. 다음은 돈이다. 돼지 저금통을 소리 안 나게 침대 위에 쏟았다. 몇 달 전에 한 번 열어서 돈이 많지는 않았다.

욕실에 가서 칫솔을 꺼내는데 아빠가 안방에서 나왔다. 얼굴이 얼음덩어리 같았다. 아빠는 나를 보고도 말없이 작은방으로 가서 문을 닫았다. 안방 문도 닫혀 있었다. 더운 8월 밤인데 바람도 통하지 않게 우리 집 방문은 모두 닫혀 있다.

가방을 챙기는 데 5분이 걸렸다. 휴대전화는 일부러 챙기지 않았다. 나는 공책을 찢어 편지를 썼다.

여행 가요. 찾지 마요. 나중에 전화할게요.

방문을 닫고 나가려는데 아무래도 뭔가 부족한 것 같았다. 혹시 경찰에 신고를 한다면 큰일이다. 나는 편지 아래쪽에 덧붙였다.

신고하지 마요. 그럼 안 돌아올 거예요. 안녕!

'안녕'이라고 쓰자 마음이 울컥했다. 나는 방을 한번 돌아보고 방문을 잠갔다. 내일 아침까지는 들키지 않을 거다. 나는 고양이 걸음으로 걸어가 신발을 신고 문을 열었다. 조심했지만 문소리가 났다. 그래도 안방과 작은방 문은 열리지 않았다. 엄마는 아빠가 나간다고 생각할 거다. 아빠는 엄마가 나간다고 생각할 거다. 무관심이 고마운 건 처음이었다.

철컥.

문이 닫혔다.

용산역 에스컬레이터는 무척 길었다. 나는 에스컬레이터 위에서도 달렸다. 헐레벌떡 역 안으로 들어서자 안내 방송이 들렸다.

"우리 역을 열한 시 십 분에 출발하는 광주, 광주행 무궁화호 열차가 곧 출발합니다. 승객 여러분께서는 타는 곳 8번 홈으로 가시기 바랍니다."

열한 시 이 분이었다. 나는 재빨리 표를 파는 곳으로 달려갔다.

"광주요."

"열한 시 십 분 출발 광주행 무궁화호, 어린이 한 장입니까?"

나는 고개를 끄덕이고 가방을 열어 돈을 꺼냈다. 일부러 말도 덧붙였다. 어른이 없는 걸 이상하게 여길 것 같았다.

“삼촌이 광주역으로 마중 나온다고 했어요.”

역무원은 내 얼굴을 한번 쳐다보더니 표를 건넸다.

“기차가 곧 출발하니까 서둘러 가세요.”

표를 받자마자 다시 달렸다. 높이 올라온 만큼 내려가는 계단도 길었다. 무궁화호 기차에 오르자마자 삐— 소리가 나더니 문이 닫혔다.

내 자리를 찾아갔다. 창 쪽이었다. 기차는 곧 한강을 넘었다. 검은 강물 위에 가로등 불빛이 비쳤다. 밤이 늦었는데도 강 옆 도로에는 차들이 많았다. 강을 건너자 창밖으로 파랗고 빨간 네온 간판들이 번쩍거렸다.

‘그냥 집에 있을 걸 그랬나?’

집에 있었다면 지금쯤 침대에서 잠이 들었을 거다. 내 베개가 있는 침대가 그리웠다. 돌아오지 못할 곳을 향해 기차가 달리고 있는 것 같았다.

나는 자판기를 찾아서 물을 한 병 샀다. 땀을 많이 흘려서 그런지 목이 말랐다. 물을 절반쯤 마시고 눈을 감았다. 잠이 들었다가 깨면 광주에 도착해 있을 것 같았다.

오라는 잠은 안 오고 오줌이 마려웠다. 나는 가방을 메고 화장실을 찾아갔다. 문을 열자마자 이상한 냄새가 확 풍겨 왔다.

의자에 앉아 있을 때는 몰랐는데 기차가 많이 흔들렸다. 빠르게 볼일을 보고 자리에 돌아와 다시 가방을 안았다.

"보물이라도 들었냐?"

옆자리에 앉은 아저씨가 말을 걸었다. 나는 대답은 안 하고 전 재산이 든 가방을 더 힘껏 끌어안았다.

수원을 지나자 더 이상 도시가 나오지 않았다. 기차 안의 불빛이 기찻길 옆을 비췄다. 기차가 불빛과 함께 달리는 것 같았다. 논과 밭과 나무 들이 문득문득 불빛에 몸을 드러냈다가 사라졌다. 유리창에 가방을 끌어안은 아이가 비쳤다. 나다. 내 옆에서는 구두를 벗은 아저씨가 발냄새를 퍼뜨리며 잠을 자고 있다. 통로 건너편에는 머리 위 짐칸에 보따리를 세 개나 올려놓은 할머니가 앉아 있다. 그 옆에는 머리 짧은 군인 아저씨다.

"우리 열차, 곧 천안역, 천안역에 도착하겠습니다. 내리실 분들은 잊으신 물건 없도록 미리 준비하시기 바랍니다."

기차가 천안역에 멈췄다가 덜컹거리며 다시 출발했다. 나는 눈을 감았다.

'이게 다 꿈이면 좋겠다. 눈을 뜨면 내 방 침대면 좋겠다.'

어디선가 아기 울음소리가 들렸다. 달래는 엄마 목소리도 들렸다. 나는 눈을 뜨지 않았다. 기차 소리가 조금씩 작아졌다. 기차가 나를 내려놓고 어둠 속으로 멀리 사라지는 것 같았다.

2. 여자친구의 이상한 여행

"아야, 진즉 광주 다 와 부렀다. 아침 밥상 기다리냐?"

누군가 어깨를 흔들었다. 눈을 떠 보니 회색 유니폼을 입은 환경미화원 아주머니가 눈앞에 서 있었다. 기차 안은 텅 비어 있었다. 의자들이 이리저리 젖혀 있고 과자 봉지며 플라스틱 음료수 병 들이 널려 있었다.

여전히 밤이었다. 나는 역 안으로 들어가 긴 의자에 앉았다. 반대편에 앉은 아저씨가 코를 골았다. 그 뒤에도 팔짱을 끼고 눈을 감은 사람이 몇 명 있었다. 매점은 문을 닫았고 커다란 텔레비전도 꺼져 있었다. 일곱 시까지는 세 시간 정도 남았다. 잠을 자기도 그렇고 안 자기도 애매한 시간이었다. 새벽이어서 그런지 바람이 서늘했다. 팔에 소름이 돋는 것 같아 가방에서 옷을 하나 꺼내 입었다.

기차 시간표를 보니 용산으로 가는 첫차가 10분 뒤에 있었다. 바로 앞에 있는 플랫폼에서 텅 빈 열차가 기다리고 있었다.

'저거 타고 집에 갈까?'

내가 집에 가는 동안 엄마는 내가 집에 없다는 걸 알게 될 거다. 편지를 보고 깜짝 놀라겠지? 나한테 너무했다고 후회를 할지도 모른다. 그렇지만 내가 바로 집에 돌아가면 모든 게 다시 제자리로 돌아간다. 깜짝 놀라기는 하겠지만 뭔가 변하기엔 너무 짧은 시간이다. 어차피 시작한 거 끝까지 해 보자. 시작이 반이랬으니 이제 나머지 반만 하면 된다.

일곱 시까지 두 시간 남았다. 밖을 내다보니 번쩍거리던 네온 간판 불빛들이 조금씩 약해졌다. 나는 밖으로 나와 하늘을 살폈다. 검었던 하늘가가 조금씩 파란색으로 변했다. 청소차가 붕붕거리며 지나갔다. 역 안으로 들어가는 사람이 조금씩 늘어났다.

저만치 앞에 불 켜진 편의점 간판이 보였다. 갑자기 배가 고팠다. 편의점에 들어가 삼각김밥을 먹고 뜨거운 라면 국물을 마시자 힘이 났다. 어두울 때는 시간이 더디 갔는데 밝아지니 시간이 빨리 가는 것 같았다.

해가 떠올랐다. 이제 완전히 밝은 아침이었다. 역 광장 왼쪽으로 높은 산이 보였다. 둥그스름하고 커다란 산이었다. 지금까지 내가 본 산 중에 가장 높았다. 해가 뜨면서 산 색깔이 조금씩 바뀌었다. 한참 동안 산을 바라보고 있으니까 옆에서 빗질을 하던 할아버지가 한마디 했다.

"어디 생판 시골에서 왔능갑다? 무등산 첨 보냐, 아가?"

풀빛연합은 역에서 멀지 않았다. 택시가 멈추어 선 건물 앞에 빨간 트럭이 보였다. 냉장차처럼 생긴 트럭에 자전거가 그려져 있고 '여자친구와 만나요!'라고 쓴 큰 글씨가 두드러졌다.

트럭 짐칸에 자전거를 싣고 있는 아저씨한테 풀빛연합이 어디냐고 물었다. 말 꼬리처럼 머리를 뒤로 묶고 민소매 옷을 입은 아저씨가 나를 보지도 않고 대답했다.

"이 건물 3층이다."

계단을 올라가는데 누군가 끙끙대며 내려왔다. 커다란 아이스박스를 든 삼촌이었다. 삼촌을 보자 갑자기 눈물이 나려고 했다. 이제 고생 끝이구나 싶어 안심이 되었다.

"삼촌!"

목소리 끝이 떨렸다.

"왔냐?"

삼촌은 걸음을 멈추지 않고 내려가더니 금방 다시 올라왔다.

"뭐 해? 짐 날라야지."

나는 삼촌이 시키는 대로 쌓여 있는 짐 더미에서 내 힘에 맞는 걸 골라 트럭으로 날랐다. 트럭 짐칸에는 자전거 세 대와 공구 상자, 커다란 가스통, 집에서 쓰는 가스레인지가 실려 있었다. 텐트와 침낭도 여러 개 있었다. 커다란 물통, 아이스박스, 쌀자루도 보였다. 축구공, 채소 더미, 초콜릿과 양갱 상자를 실었다. 라면, 꽁치랑 고등어 통조림, 무랑 상추, 커다란 바나나도 몇 송이나 날랐다.

짐을 다 싣자 삼촌이 말 꼬리 아저씨한테 나를 소개했다.

"만석아, 이번에는 내 조카도 따라가기로 했다."

짐 날라 줄 때는 아무 말이 없던 말 꼬리 아저씨가 나를 보고 얼굴을 찌푸렸다.

"갑자기 이러는 게 어디 있어? 우리가 지금 놀러 가는 거야?"

삼촌이 자판기에서 커피를 뽑으며 말했다.

"조수 한 명 필요하지 않냐?"

"조수? 조카라며?"

"상관없잖아."

송곳처럼 날카롭던 말 꼬리 아저씨의 눈이 순식간에 하회 탈 눈으로 변했다. 말 꼬리 아저씨가 내게 손을 내밀었다.

"'여자친구'가 된 걸 환영한다. 만석이 형이라고 불러."

난 남잔데 웬 여자친구? 뭐가 뭔지 모르겠지만, 내민 손을 거절하기도 어색해서 나도 손을 내밀었다. 삼촌이 나를 보고 씩 웃었다. 느낌이 묘했다.

여행을 가는 사람은 우리 셋만이 아니었다. 하나둘씩 자전거를 탄 사람들이 모여들었다. 맨 먼저 도착한 사람은 수염이 텁수룩한 외국 남자와 짧은 노란 머리의 여자였다. 둘 다 자전거 앞뒤에 가방을 몇 개나 매달았다. 뒤이어 중학생 같은 누나가 왔고 배 나온 아저씨도 왔다. 자전거도 가지가지였다. 첫눈에 봐도 번쩍번쩍 비싸 보이는 자전거가 있고 좀 낡은 자전거도 있었다. 어떤 아저씨는 누워서 타는 자전거를 타고 왔다.

삼촌이 수첩을 펼치고 한 사람씩 이름을 확인한 다음 풀빛연합 사무실로 올려 보냈다. 만석이 형은 재빨리 자전거를 점검했다. 앞뒤 브레이크를 잡아 보고 타이어에 공기가 적으면 펌프로 공기를 넣었다. 기어도 바꿔 보고 체인에 칙칙 스프레이 기름을 뿌리기도 했다. 잘 모르는 내가 봐도 거침없는 손놀림이 보통이 아니었다. 여기저기 손을 많이 대면서도 한 대 한 대 순식간에 점검을 마쳤다. 나는 삼촌이 시키는 대로 자전거 앞에 이름표들을 달고, 삼촌은 자전거마다 안장 밑에 후미등을 달았다.

곧이어 삼촌과 만석이 형을 따라 3층으로 올라갔다. 자그마한 강당에 사람들이 흩어져 서 있었다. 몸에 딱 붙어 민망한 자전거 옷을 입은 사람도 있고 반바지에 샌들을 신은 사람도 있었다. 한눈에 봐도 다들 모르는 사이라는 게 표가 났다.

삼촌이 수첩을 들고 이름을 불렀다. 삼촌과 만석이 형, 나를 빼고 모두 아홉 명이었다. 삼촌이 수첩을 덮고 입을 열었다.

"여행하는 자전거 친구, '여자친구'의 자전거 순례에 참가하신 걸 환영합니다. 저는 이번 행사를 기획하고 운영하는 신석기 단장입니다. 여러분은 오늘부터 12일 동안 1,100킬로미터를 달려 우리나라를 종단하게 됩니다. 자세한 사항은 카페에 미리 공지했으니까 간단하게 오늘 일정만 소개하겠습니다. 오늘은 순례 첫날로, 광주에서 지리산 밑 구례까지 갑니다. 코스 설명은 서만석 팀장이 하겠습니다."

이 여름에 1,100킬로미터를 자전거로 달린다고? 농담 아니면 미친 짓이라고 생각했는데 웃는 사람이 없었다. 만석이 형이 앞으로 나섰다. 사람들을 둘러보는 눈길이 날카로웠다.

"안전과 정비를 책임진 서만석 팀장입니다. 오늘은 광주에서 곡성을 거쳐 구례까지 약 78킬로미터를 달립니다. 몸풀기로 짧게 잡은 코스라 험한 길은 없습니다. 높은 고갯길도 없습니다. 가장 중요한 건 안전입니다. 안전을 위해 제 지시를 꼭 따라 주십시오. 주행은 기본적으로 두 줄로 합니다. 남자는 도로 안쪽, 여자는 바깥쪽입니다."

만석이 형이 한 사람씩 얼굴을 바라보며 말했다.

"단체로 자전거를 타고 있다는 걸 꼭 기억해야 합니다. 혼자 탈 땐 혼자 다치지만 여럿이 탈 때 실수하면 다른 사람까지 위험합니다. 제가 고함을 쳐도 안전을 위해서니까 이해해 주시고, 제가 지시를 하면 큰 소리로 따라 외쳐 주시기 바랍니다."

누군가 "군대 같은데?"라고 중얼거렸다.

삼촌이 다시 나와서 사람들을 동그랗게 서게 했다.

"이제부터 우리는 한 팀입니다. 떠나기 전에 간단하게 자기소개를 하겠습니다."

삼촌이 옆 사람에게 눈짓했다. 상표가 요란하게 인쇄된 자전거 옷을 입고 머리에 멋진 고글을 올린 아저씨. 이 아저씨가 누워서 타는 자전거를 타고 왔다.

"반갑습니다. 서울에서 온 홍상옥입니다."

다음은 키가 큰 누나였다.

"안녕하세요. 춘천교대 2학년 이지은입니다."

"다음 달에 군대 가는 울산대 1학년 허동혁입니다."

재미있게 생긴 형이 소개를 마치자 외국 남자가 앞으로 나섰다. 이름이 웨인이라며 뭐라고 길게 말하긴 했는데 무슨 뜻인지 알 수가 없었다. 리나라는 외국 여자도 마찬가지였다. 배 나온 아저씨가 상옥이 아저씨한테 물었다.

"뭐라는 거예요?"

"자전거로 세계 일주 중이라네요. 우리나라 찍고 중국으로 간대요."

"어디 사람이래요?"

"캐나다요."

배 나온 아저씨 이름은 목영우였다. 그 옆에 마르고 키가 큰

아저씨는 배병진이었다. 중학생같이 보인 누나는 수원에서 온 배은영, 아빠가 강제로 보냈다고 투덜거린 누나 이름은 대구에서 온 박희정이었다. 그렇잖아도 기억력이 나쁜데 갑자기 이름들이 쏟아지니까 머리가 아팠다. 웨인과 리나 말고는 그 이름이 그 이름 같았다.

내 순서가 되었다. 얼굴이 확 달아올랐다.

"안녕하세요. 저는 서울에서 온 신호진입니다."

삼촌이 말을 덧붙였다.

"호진이는 간식 담당입니다."

사람들이 박수를 쳤다. 나는 삼촌을 쳐다봤다. 삼촌이 내 눈

을 피했다.

"잘 부탁해!"

지은이 누나가 내 어깨를 툭 쳤다. 살짝 친 것 같은데 은근히 아팠다. 만석이 형이 박수를 쳤다.

"이제 출발합시다."

사람들이 줄줄이 1층으로 내려갔다.

나는 맨 뒤에 남은 삼촌한테 물었다.

"삼촌, 나 자전거 타는 거 아니지?"

삼촌이 강당 문을 잠그며 말했다.

"자전거 아무나 태워 주는 줄 알아?"

삼촌이 트럭 짐칸에서 헬멧을 여러 개 꺼내더니 안 가져온 사람들한테 나눠 주었다. 만석이 형은 주차장에 사람들을 동그랗게 세우고 몸풀기 운동을 시작했다. 온몸의 관절을 어찌나 꼼꼼히 푸는지 몸 풀다가 지칠 것 같았다.

삼촌이 빨간 트럭 뒤에 '자전거를 보호해 주세요.'라고 써진 현수막을 매단 다음 나를 불렀다.

"호진아, 타라!"

그럼 그렇지. 삼촌이 조카를 고생시킬 리 없다. 나는 트럭에 재빨리 올라탔다. 트럭 안에는 수첩, 모자, 휴대전화 충전기, 지도책, 먹다 남은 과자 들이 널려 있었다. 의자 뒤쪽 빈 곳에는 구급상자, 작은 가방, 확성기, 일회용 비옷, 경찰이 들고 다니는 빨간 경광봉 같은 게 가득 실려 있었다.

삼촌이 내 손에 경광봉을 쥐여 주고 목에 호루라기를 걸어 주었다.

"흔들라고 하면 흔들고 불라고 하면 불어. 뒤쪽 차들한테 잘 보이게."

스위치를 누르니까 경광등이 켜졌다. 만석이 형 목소리가 들렸다.

"대열을 갖추세요. 선두는 허동혁, 이지은. 웨인과 리나가 그다음."

나머지 사람들도 만석이 형이 시키는 대로 줄을 맞췄다.

"마지막 점검입니다. 헬멧! 장갑!"

사람들이 만석이 형을 따라 헬멧을 두드리고 장갑 낀 손을 들었다. 목영우 아저씨만 빼고 다들 자전거 마스크로 얼굴을 가려서 강도처럼 눈만 보였다.

"출발!"

호루라기를 입에 문 만석이 형이 앞장서고 다들 뒤를 따랐다. 깜빡깜빡 비상등을 켠 트럭이 천천히 자전거들 뒤를 따라갔다. 뒤에서 보니 자전거들이 비틀비틀 삐뚤빼뚤 엉망이었다. 나는 삼촌이 시키는 대로 경광봉을 열심히 흔들었다. 우리

엘가머루
(주)동양상사
Z8ln
521-6099
바둑 고시실
300
30

비인
25
고속도로
Expressway

가 천천히 가니까 밀린 차들이 뒤에서 빵빵 경적을 울렸다. 삼촌이 확성기를 밖에 내밀었다.

애애애애애애앵!

사이렌 소리가 크게 울렸다. 거리를 지나가던 사람들이 다 우리를 쳐다봤다.

"빠르게!"

만석이 형이 소리를 질렀다.

"빠르게!"

사람들이 따라서 소리를 질렀다. 자전거 속도가 조금씩 빨라졌다. 속도가 빨라지니까 따라가지 못하는 사람들이 있어 대열이 길어졌다. 만석이 형이 뒤쪽으로 처지더니 소리를 질

렀다.

“사이 좁혀! 벌어지면 차가 끼어든다!”

말이 떨어지기가 무섭게 택시 한 대가 깜빡이를 켜고 갑자기 끼어들었다. 뒤처진 자전거들이 급히 멈췄다. 뒤늦게 브레이크를 잡은 자전거 한 대가 앞 자전거를 들이받았다.

“아야!”

들이받힌 희정이 누나가 종아리를 잡고 비명을 질렀다. 들이받은 은영이 누나가 자전거에서 내렸다.

“언니, 미안해요.”

삑삑삑!

만석이 형이 호루라기를 불어 앞서가는 자전거들을 정지시

켰다. 그러고는 곧장 희정이 누나 쪽으로 가서 누나의 바지를 무릎까지 걷었다.

"아, 됐어요!"

희정이 누나가 소리를 지르며 바지를 내렸다. 만석이 형이 힐끗 희정이 누나 얼굴을 보더니 고개를 끄덕였다.

"말짱하네. 대열 갖추고 출발!"

"출발!"

사람들이 다시 소리를 따라 질렀다. 선생님을 따라가는 유치원생들 같았다.

길 위에 차들이 점점 늘어났다. 삼촌이 시계를 보더니 중얼거렸다.

"일찍 출발했어야 했는데. 출근 시간하고 딱 겹쳤다."

자전거들이 차에 둘러싸였다. 부릉대고 빵빵대는 크고 작은 차들이 도로에 가득했다. 자전거들이 불쌍해 보였다. 트럭 뒤에 선 지은이 누나가 매연 냄새를 맡고 콜록거렸다. 만석이 형이 고래고래 소리를 질렀다.

"겁먹지 마! 흩어지지 마! 간격 벌어지지 않게 앞만 보고 달려!"

만석이 형 호루라기 소리가 좀 처량하게 들렸다. 삼촌은 쉬지 않고 사이렌을 울렸다. 덕분에 경광봉을 든 내 오른팔도 쉴 틈이 없었다. 사람들이 신기한 듯 우리를 쳐다봤지만 거기에 신경 쓸 겨를이 없었다.

시내를 빠져나오는 데 30분쯤 걸렸다. 농수산물 시장이라는 곳을 지나자 시골이 나왔다. 앞서가던 만석이 형이 뒤로 처지더니 트럭 옆에 와서 말했다.

"저기 경찰 지구대 앞에서 쉬었다 가자."

"알았어."

만석이 형은 다시 앞으로 가서 지구대 앞에 자전거를 세웠다. 다들 자전거를 세우고 바닥에 털썩털썩 주저앉았다. 겨우 30분을 타고 힘이 다 빠진 모양이었다. 헬멧을 벗으니 얼굴들이 온통 땀투성이였다. 아침부터 햇볕이 쨍쨍한 걸 보니 오늘도 한창 더울 것 같았다. 이 더위에 자전거를 타다니 미친 짓이었다.

삼촌이 나를 불렀다.

"호진아, 물 날라."

아이스박스 안에 작은 물병들이 있었다. 내가 물병을 안고 가자 사람들이 우르르 몰려들었다. 나는 반쯤 언 물병을 하나씩 나눠 주었다. 삼촌이 말했다.

"물 너무 많이 마시면 안 됩니다. 조금씩 자주 드세요. 물병 버리지 마세요. 이름을 써 두고 계속 사용할 겁니다."

삼촌이 트럭 뒤에서 나를 불렀다.

"이거 간식인데 다음 쉬는 시간에 먹게 만석이 가방에 넣어 줘."

만석이 형이 메고 있는 가방에 바나나 두 송이를 넣어 주고 사람들 물병에 물을 채워 주었다.

쉬는 시간은 길지 않았다. 만석이 형이 다시 고함을 질렀다.

"출발 준비!"

다들 느릿느릿 자전거에 올라탔다. 나도 트럭에 올라탔다. 내 자리가 어느새 햇볕에 달궈져 있었다. 삼촌한테 물었다.

"삼촌, 에어컨 안 켜?"

삼촌이 나를 보지도 않고 대답했다.

"환자 있을 때만 켠다."

시골길이 시작되자 차가 줄었다. 경광봉을 흔들 때는 안 그랬는데 느릿느릿 자전거를 따라가니까 졸음이 왔다.

삼촌이 만석이 형한테 소리쳤다.

"먼저 간다! 애써라!"

부르릉 엔진 소리가 커졌다. 열린 차창으로 시원한 바람이 들어왔다. 물벼락처럼 잠이 쏟아졌다.

"빨리 내려!"

삼촌이 나를 깨우더니 트럭 문을 열었다. 나는 안전벨트를 풀고 의자에 벌렁 누웠다.

"나 좀 잘게. 어젯밤에 거의 못 잤어."

"잠은 밤에 자고, 밥하게 물 떠 와."

"삼촌! 너무하는 거 아냐?"

나도 모르게 목소리가 커졌다. 피곤하고 짜증이 나니까 삼촌도 겁나지 않았다. 아침엔 바쁘니까 도와줬지만 이렇게 계속 부려 먹는 건 너무했다. 앞으로 고생을 안 하려면 분명히 이야기를 하고 넘어가야 할 것 같았다.

삼촌이 귀 뒤를 긁적이며 운전석 뒤에서 뭔가를 꺼내 내밀었다.

"이거 읽어 봐."

안내 전단이었다.

나는 전단을 대충 훑어봤다. 쉽게 말해 삼촌이 하는 일은 자전거 여행 가이드였다. 갑자기 속은 기분이 들었다. 미리 알았으면 삼촌한테 오지 않는 건데.

나는 전단을 돌려줬다.

"그래서 뭐가 어쨌다고?"

"너는 참가비 안 냈으니까 몸으로 때워야지."

연말도 아닌데 머릿속에서 보신각종이 울렸다. 조카한테

〈여행하는 자전거 친구〉와 함께하는 제15회 자전거 순례

주제: 예뻐라 우리나라 달려라 넓은 나라

- **기간**: 8월 3일부터 14일까지(11박 12일)
- **모집 인원**: 남녀 00명(자전거 탈 줄 아는 사람)
- **코스**: 광주(출발) – 구례 – 진주 – 창원 – 부산 – 울산 – 대구 – 안동 – 단양 – 원주 – 홍천 – 속초 – 통일전망대 – 속초(해산) 총 1,100km
- **숙식**: 숙식과 간식 제공. 캠핑카가 함께 갑니다.
- **참가비**: 70만 원(여행자 보험 가입)
  1~14회 참가자는 재참가 20% 할인
- **준비물**: 자전거, 장갑, 선크림, 선글라스, 편한 옷, 속옷, 공기베개, 칫솔, 수건 등등

인터넷 '여자친구 카페'를 방문하세요.
다녀온 사람들이 추천하는 자전거 여행! 가장 멋진 여름을 약속합니다.

돈을 받겠다는 삼촌이 내 앞에 있다. 할 말을 찾고 있는데 삼촌이 물통을 내밀었다.

"싫으면 돌아가든지."

아침부터 매미가 시끄럽게 울어 댔다. 삼촌이 차를 세운 곳은 사람 하나 없는 초등학교 운동장 구석 나무 그늘이었다. 나는 학교 뒤로 가서 물통에 물을 받아 왔다. 그동안 삼촌은 트

럭에서 솥과 가스레인지를 꺼내고, 씻어 놓은 쌀을 부었다. 밥을 안쳐 놓고 아이스박스에서 반찬도 꺼냈다.

"이것도 씻어 와라."

삼촌이 내민 건 풋고추가 든 봉지였다. 풋고추를 씻고 있으려니까 아빠 생각이 났다. 아빠는 풋고추를 좋아한다. 풋고추만 있으면 다른 반찬이 필요 없다. 아빠가 한 입 베어 물 때마다 뚝뚝 터지던 풋고추 소리가 생각났다.

삼촌은 손이 빨랐다. 어느새 식판을 꺼내 물에 헹구고 국 끓일 준비를 했다. 나는 두부를 썰고 간을 보기도 하며 삼촌 심부름을 했다.

"자, 이제 좀 쉬자."

시계를 보니 열한 시 이십 분이었다. 삼촌은 열두 시쯤 자전거들이 도착할 거라고 했다.

"전화 안 오는 걸 보니까 제시간에 오려나 보다."

삼촌이 계산기와 종이봉투를 꺼냈다. 삼촌이 봉투에서 영수증을 꺼내 계산하는 동안 나는 긴 의자에 누워서 눈을 감았다.

"호진아! 밥 먹자!"

눈 감은 지 5분도 안 된 것 같은데 삼촌 목소리가 들렸다. 일어나 보니 자전거를 탄 사람들이 줄줄이 교문으로 들어오고 있었다. 다들 얼굴이 말이 아니었다. 아침에 본 말끔했던 얼굴들이 단 몇 시간 만에 저렇게 변하다니 믿을 수가 없었다. 다들 벌겋게 익은 얼굴에 땀이 줄줄 흘렀고 개처럼 입으로 숨을 몰아쉬었다. 삼촌이 나서서 교통정리를 했다.

"자전거는 이쪽에 세워 놓고 저쪽 수돗가에서 씻고 오세요. 바로 점심 먹을 테니까 물 많이 마시지 마세요."

사람들이 우르르 밥솥 쪽으로 몰렸다. 밥 먹는 동안은 나무 밑이 조용했다. 다들 식판에 수북하게 담은 밥을 입에 몰아넣느라 말이 없었다. 삼촌이 큰 소리로 말했다.

"더 먹는 건 좋은데 남기지 마세요. 남기는 사람은 간식 안 줍니다."

아무 대답이 없었다.

밥을 먹고 나자 한 시간 동안 낮잠을 잔다고 했다. 마침 나무 그늘마다 긴 의자들이 있었다. 다들 긴 의자에 드러누웠다. 어디선가 코 고는 소리가 들렸다. 나도 의자에 누웠는데 삼촌이 불렀다.

"호진아."

삼촌이 불러서 좋은 일이 없다는 건 반나절 만에 알아 버렸다. 대답을 하지 않자 삼촌이 내 머리맡에 우뚝 서서 말했다.

"말 안 들으면 저녁밥 안 준다."

"내가 강아지야? 먹을 걸로 길들이게?"

"땀 흘리지 않는 자는 먹지도 말라는 말이 있지."

"땀은 지금도 흘리고 있거든요?"

"그 땀이 그 땀이 아닌 것이다."

나는 입을 다물었다. 내가 할 일은 식판 설거지였다. 남들이 나무 그늘에서 낮잠을 자는 동안 설거지를 하는 기분은 별로 좋지 않았다. 삼촌은 밥솥, 국 솥을 씻고 뒷정리를 했다. 다들 배가 고팠는지 음식 쓰레기가 거의 없었다.

만석이 형이 자는 사람 몇을 깨웠다. 희정이 누나, 목영우 아저씨, 은영이 누나까지 모두 세 사람이었다. 자전거 탈 때 뒤로 가장 잘 처지는 사람들이었다.

설거지를 마치고 낮잠을 자려는데 삼촌이 말했다.

"만석이한테 가서 과외 좀 받고 와."

"무슨 과외?"

"가 보면 알아."

해도 해도 너무했다. 내가 학원을 얼마나 싫어하는지 알면 과외 받으란 소리를 못 할 텐데. 나만 과외를 싫어하는 건 아니었다. 만석이 형 앞에 선 세 사람도 표정이 곱지 않았다. 목영우 아저씨가 고개를 흔들었다.

"자전거를 이만큼 타면 됐지 뭘 더 배우란 말이야. 난 잠이 더 필요하다니까."

볼이 부어 있기는 희정이 누나와 은영이 누나도 마찬가지였다. 만석이 형이 고개를 저었다.

"안전하게 타는 게 잘 타는 겁니다. 조금 더 가면 곡성 읍내까지 3킬로미터 정도 내리막길이 나와요."

희정이 누나가 대꾸했다.

"내리막길은 쉽잖아요. 그냥 타고 내려가면 되는데, 뭐."

만석이 형이 씩 웃었다. 왠지 기분 나쁜 웃음이었다.

"문제는 오르막길이 내리막길보다 먼저 나온다는 겁니다.

페달 구르는 방법을 배우지 않으면 올라갈 수 없어요. 게다가 사고는 꼭 내리막길에서 나요. 그래서 브레이크 잡는 법을 제대로 알아야 돼요. 내리막길에서는 자전거로도 시속 50, 60킬로미터는 너끈히 나오는데 브레이크 잘못 잡으면 날아갑니다."

사람들이 겁난 얼굴로 서로 바라보았다. 다른 사람들이야 자전거가 타고 싶어서 돈을 내고 참가한 거지만, 참가비를 못

내서 자전거 과외를 받아야 되는 내 신세가 가장 불쌍했다.

은영이 누나가 조그맣게 말했다.

"오빠, 아침에는 고갯길 없다고 했잖아요."

만석이 형이 씩 웃더니 답했다.

"높은 고갯길이 없다고 했지."

만석이 형이 자전거를 타고 우리 앞에 섰다.

"자, 운동장 열 바퀴만 돕시다."

우리는 엄마 오리를 따라가는 아기 오리들처럼 만석이 형을 따라 운동장을 돌았다. 시키는 대로 자전거 기어를 올리고 내리고, 1분에 70번씩 가볍게 페달 돌리고, 앞쪽 브레이크, 뒤쪽 브레이크를 한 번씩 잡아 보고 동시에 잡아 보기도 했다. 앞쪽 브레이크를 잡다가 은영이 누나가 앞으로 한 번 고꾸라졌고 뒤쪽 브레이크를 잡다가 내가 한 번 미끄러져 넘어졌다. 기어 바꾸는 것도 쉽지 않았다.

"달리면서 기어를 눈으로 확인하려다가 사고 납니다. 감으로 알아야 돼요."

"페달은 늘 가볍게 춤추듯 밟고, 밟는 속도가 일정해야 돼요."

"다리가 자동차 엔진이라고 생각하세요. 적당한 때 기어를 바꾸지 않으면 엔진에 무리가 갑니다."

만석이 형이 우리보다 땀을 더 많이 흘렸다. 가르치는 사람이 그러니 뭐라고 할 수가 없었다.

삼촌이 멀리서 손뼉을 쳤다.

"휴식 끝! 출발합시다!"

나는 얼른 트럭으로 달려갔다. 잠자던 사람들이 일어나 햇빛 속으로 미라처럼 걸어 나왔다. 뒤늦게 선크림을 바르는 사람들도 있었다. 삼촌이 사람들한테 하얀 알약을 하나씩 나눠 주었다.

"식염 포도당이에요. 땀 많이 흘릴 때는 이걸 먹어야 늘어지지 않아요."

식염 포도당은 포도 맛이 아니었다. 혹시나 해서 맛을 봤는데 짰다. 삼촌 말을 들어서 손해 안 볼 때가 없었다.

다시 자전거들이 출발했다. 아침처럼 삼촌이 트럭을 운전하며 자전거 뒤를 따라갔다. 차 안에서 보니까 도로 옆 냇가에서 뭔가가 후다닥 뛰더니 산으로 껑충껑충 올라갔다. 개보다 크고 다리가 긴 누런 동물이었다.

"삼촌, 저거 뭐야?"

"고라니."

"고라니가 뭔데?"

"노루 친척."

"노루는 뭔데?"

"사슴 친척."

끝까지 물어보려다 참았다. 처음 본 고라니가 무척 신기했다. 저런 동물이 돌아다니는 걸 보니까 한결 시골에 온 기분이 났다. 삼촌은 고라니를 보고도 아무렇지 않은 모양이었다.

"삼촌은 고라니 안 신기해?"

"난 많이 봤어."

"다른 동물도 볼 수 있을까?"

"너구리, 고라니, 다람쥐, 두더지, 소쩍새, 뱀, 개구리……. 앞으로 길 위에 많이들 죽어 있을 거다."

삼촌 표정이 무뚝뚝했다. 삼촌 말대로 길 위에 개구리가 심심찮게 죽어 있었다. 가끔 뱀도 나왔다. 차바퀴에 깔려 길바닥에 납작하게 붙어 있었다. 자전거로 지나가면 바삭 소리가 났다.

40분 정도 달리자 쉬는 시간이 되었다. 사람들이 나를 불렀다.

"호진아, 물 줘!"

나는 얼른 아이스박스에서 시원한 물을 꺼내다 사람들한테 나눠 주었다.

"안 시켜도 잘하네?"

삼촌이 씩 웃었다. '웃는 얼굴에 침 뱉으랴.'라는 속담은 틀렸다. 어쩔 수 없어 참을 뿐이었다.

삼촌이 만석이 형 가방에 양갱을 잔뜩 넣어 주며 말했다.

"먼저 간다."

출발한 트럭이 앞서 달리기 시작했다. 또 졸음이 쏟아졌다. 꾸벅꾸벅 조는데 삼촌이 옆에서 떠들었다.

"우선 구례 읍내에 가서 장을 본다. 오늘이 구례 오일장 서는 날이야. 저녁에는 주물럭에 상추쌈을 할 거니까 흑돼지 고기를 좀 살 거야. 삼촌이 장 보는 동안 너는 햇볕에 침낭을 말리고 있어. 쌀도 좀 씻고. 밥은 해 봤냐?"

졸면서도 한숨이 나왔다. 11박 12일을 어떻게 버텨야 할지, 당장 여행을 그만두고 싶었다. 그렇지만 난 갈 곳이 없다. 돈도 별로 없다. 앞이 캄캄한데도 잠이 왔다. 깨고 싶지 않은 잠이었다.

3. 섬진강을 따라가며 지리산을 보다

처음에는 기분 좋은 오후였다. 자전거들은 해가 한참 남아 있을 때 구례에 도착했다. 첫날 묵을 장소는 구례군 체육관 옆 강변 공원이었다. 다들 자전거에서 내리자마자 땅바닥에 바로 주저앉았다. 가까운 체육관에서 샤워를 하고 삼촌이 양념한 주물럭을 맛있게 먹고 나서야 사람들은 정신을 차렸다. 저녁 설거지는 각자 했다.

삼촌이 사람들을 모아 놓고 말했다.

"개인행동 금지입니다. 절대 캠프를 벗어나지 말고 푹 쉬세요."

첫날 일정을 무사히 마쳐서인지 다들 기분이 좋아 보였다.

지은이 누나가 캠핑카가 언제 오느냐고 물어보기 전까지는.

"저기 있잖아요."

삼촌이 트럭을 가리키며 대답했다. 다들 '여자친구와 만나요!'라고 써진 빨간 트럭을 쳐다봤다. 지은이 누나가 고개를 갸웃거렸다.

"저건 그냥 트럭이잖아요. 모집 안내할 때 캠핑카라고 했었는데?"

"캠핑카 맞아요. 이제 슬슬 캠프를 만들어 봅시다."

삼촌이 씩 웃으며 트럭 짐칸에서 긴 가방을 네 개 꺼내 왔다.

"텐트 치는 건 각자 하세요."

지은이 누나는 시키는 대로 텐트를 치려는데 희정이 누나가 발끈했다.

"나도 진짜 캠핑카에서 자는 줄 알았어. 이거 사기 아니에요?"

"사기라니요!"

삼촌 목소리가 커졌다. 희정이 누나도 지지 않았다.

"그럼 이게 뭐예요. 누가 저걸 캠핑카라고 해요?"

"어디서든지 캠핑을 할 수 있으니까 캠핑카죠. 카페에 지난 여행기하고 사진 올려 놓은 거 안 봤어요?"

"네, 당연히 안 봤죠. 오고 싶어서 오는 것도 아닌데 누가 그런 걸 봐요?"

지은이 누나가 희정이 누나 팔을 잡았다.

"언니, 그만해요. 난 그냥 궁금해서 물어본 거예요."

"아냐. 너 잘못한 거 없어. 이 사람들이 거짓말한 거야."

삼촌이 일어섰다.

"박희정 씨. 우리는 앞으로도 이렇게 잘 겁니다. 밥도 대부분 해 먹을 건데 어떡할 겁니까?"

"그걸 왜 나한테 묻는 거예요? 돈 받을 거 다 받아 놓고 이렇게 싸구려로 하면 어떡해요?"

"싸구려?"

삼촌이 희정이 누나를 노려봤다. 희정이 누나도 지지 않고 삼촌을 흘겨봤다. 둘레가 쥐 죽은 듯 조용해졌다. 목영우 아저씨가 웃으며 끼어들었다.

"왜들 이래요, 앞으로 쭉 볼 사람끼리."

"아니요. 지금부터는 안 볼 거예요. 집에 돌아갈 테니까 환불해 주세요."

삼촌이 고개를 끄덕였다.

"좋습니다. 출발 이후 환불은 없지만 박희정 씨는 특별히 환불해 드리죠. 아버님이 박희정 씨 대신 신청했고 참가비도 냈으니까 아버님께 먼저 연락을 드리겠습니다."

삼촌이 누군가한테 전화를 걸더니 희정이 누나한테 휴대전화를 내밀었다. 내키지 않는 표정으로 휴대전화를 받아 든 희정이 누나가 대번에 풀이 죽었다.

"아빠! 내 말 좀 들어 봐. 나 정말 못 하겠단 말이야."

희정이 누나 얼굴이 빨개졌다. 희정이 누나가 휴대전화에

대고 울 것처럼 애원하는 동안 삼촌이 딴청을 부리며 나한테 말했다.

"저기가 지리산 노고단이다. 꼭대기까지 오르막길이 17킬로미터쯤 되지. 죽이는 길이야."

오르막 17킬로미터를 오르면 사람이 정말 죽을 것 같았다. 혹시 삼촌은 미친 게 아닐까?

"미치겠네, 정말!"

희정이 누나가 삼촌한테 휴대전화를 던지다시피 돌려줬다. 누나가 구석에 있는 나무 의자로 쿵쿵 걸어가더니 무릎을 감싸안고 고개를 묻었다. 지은이 누나가 다급하게 뒤를 따라갔다.

만석이 형이 삼촌한테 물었다.

"박 교수님이 뭐래?"

"절대 돌려보내지 말래. 그 양반이 자전거 좀 좋아하냐? 이번에도 같이 오려고 했는데, 뭐. 완주증 안 받아 오면 유학 못 보내 준다니, 누구 속 좀 타겠다."

삼촌이 씩 웃으며 텐트 가방을 열고 사람들한테 말했다.

"텐트 빨리 치면 그만큼 빨리 잡니다."

사람들이 우르르 매달려 텐트를 치고 바닥에 깔개를 깔았다. 줄지어 텐트를 쳐 놓으니까 그럴싸했다. 나는 바짝 말려

뽀송뽀송한 침낭을 나눠 주었다. 더워서 침낭이 필요 없을 것 같은데 삼촌은 침낭에 작은 이름표까지 달아 주면서 새벽엔 선선하니까 다들 배를 꼭 덮고 자라고 강조했다.

리나까지 여자 넷이서 큰 텐트를 쓰고 웨인과 동혁이 형, 상옥이 아저씨가 한 텐트를 맡았다. 목영우 아저씨가 물었다.

"나는 배병진 씨랑 둘이 잡니까?"

삼촌이 고개를 저었다.

"이따가 한 명 더 옵니다. 지리산 종주를 하고 오늘 내려오기로 했는데 좀 늦네요."

해가 졌다. 가로등으로 벌레들이 날아들었다. 모기가 팔을 물었다. 삼촌이 텐트 앞마다 모기향을 피우고 물파스를 나눠 주었다.

"아침에 걷을 테니까 잃어버리지 마세요. 그리고 허락받지 않은 한 외출 금지입니다."

사람들이 텐트 안으로 들어갔다. 삼촌이 트럭에 시동을 걸더니 나를 불렀다.

"장 보러 가자."

삼촌은 먼저 시장에 들러 얼음을 샀다. 얼음은 아이스박스에 넣어 두고 구례 버스터미널 옆에 있는 '구례2마트'로 갔다.

물을 사고 계산할 때 아이스크림을 하나 사 달라고 했더니 삼촌이 고개를 저었다.

"다 같이 먹을 수 없으면 다 같이 굶는다."

"그럼 다 같이 먹으면 되지."

"돈 없어."

손가방 속에 5만 원짜리가 많이 들어 있는 걸 다 봤는데 삼촌은 자연스럽게 거짓말을 했다. 보통 때 같으면 치사해서 안 먹겠는데 오늘은 자꾸 눈이 갔다. 먹고 싶은 걸 못 먹으니까 기분이 처량했다.

삼촌 휴대전화가 울렸다.

"응, 터미널이라고? 기다려, 금방 갈게."

터미널 앞에 커다란 배낭을 멘 사람이 서 있었다. 그 사람이 차에 타는 순간 고약한 냄새가 확 밀려들어 왔다. 몇 달 동안 목욕 안 한 사람의 겨드랑이 냄새 같았다. 삼촌이 밥은 먹었느냐고 묻자 그 사람은 트림으로 대답했다. 김치찌개였다. 가운데 자리에 앉지만 않았다면 당장이라도 차에서 뛰어내릴 뻔했다. 삼촌이 그 사람을 소개해 주었다.

"윤문안 형이다. 우리나라에서 여덟 번째로 자전거를 잘 타지."

"형, 여섯 번째야!"

8등이나 6등이나 그게 그거 같은데 문안이 형 얼굴은 진지했다.

셋이서 캠프로 돌아올 때였다. 캠프에서 조금 떨어진 구멍가게 앞에 목영우 아저씨가 보였다. 혼자 가게 앞 대나무 평상에 앉아 맥주병을 기울여 술을 따르고 있었다. 구멍가게 안에 있던 주인 할아버지가 머리를 내밀고 점점 가까워지는 우리 트럭을 물끄러미 바라보았다. 삼촌이 차를 급히 세우고 밖으로 나갔다.

"목영우 씨!"

영우 아저씨가 깜짝 놀라는 바람에 술이 넘쳤다. 아저씨가 어색하게 웃었다.

"아, 석기 씨 왔어? 하도 갈증이 나서 딱 한 잔만 하려고. 같이 한잔할까?"

삼촌이 팔짱을 끼고 대답했다.

"그 맥주 한 모금만 마셔 봐요. 당장 짐 싸서 돌아가야 될 겁니다."

"뭘 그래. 겨우 맥준데. 한 번만 봐줘."

"술 마시면 다음 날 바로 지장 있습니다. 순례 기간에 금주하기로 서약했잖아요."

영우 아저씨가 맥주잔을 바라보며 침을 꿀꺽 삼켰다. 내 옆에 있던 문안이 형 목에서도 꿀꺽 소리가 났다.

"이것만 마실게. 뚜껑 딴 것만."

"술 한번 이겨 보자고 온 거 아닌가요? 단단히 마음먹고 싸워 보겠다면서요."

영우 아저씨 얼굴에서 웃음이 사라지자 불쌍한 표정이 남았다. 아저씨가 컵에서 눈을 돌렸다. 투명한 컵에 서리처럼 냉기가 서려 있었다. 아이스크림 같은 하얀 거품이 얹혀 있고 사이다처럼 작은 공기 방울이 보글보글 자꾸 올라왔다. 맛은 모르겠지만 엄청나게 시원해 보였다. 하루 종일 땀으로 목욕을 해서인지 시원하기만 하다면 비눗물도 마실 수 있을 것 같았다.

"이 악물고 참아 봐요. 우리 한번 해 봅시다."

삼촌이 영우 아저씨 어깨에 손을 얹었다. 영우 아저씨가 머뭇거리다가 벌떡 일어났다. 구멍가게 할아버지가 밖으로 나오며 화를 냈다.

"심보가 왜 그려? 남 장사도 못 하게."

"이거 할아버지 드세요."

삼촌이 맥주잔을 할아버지 손에 쥐여 주었다. 할아버지 입이 헤 벌어졌다. 삼촌이 문안이 형한테 말했다.

"네가 운전해서 가라. 난 걸어가야겠다."

캠프로 돌아와 문안이 형은 샤워를 하러 갔다. 나는 땀을 뻘

뻘 흘리며 자전거를 고치는 만석이 형을 구경했다. 힘을 쓸 때마다 비쩍 마른 팔과 어깨의 잔근육이 꿈틀거렸다. 저만치 가로등 불빛 아래 걸어오는 삼촌과 영우 아저씨가 보였다.

텐트마다 코 고는 소리가 들렸다. 남자 텐트에서는 낮은 소리, 여자 텐트에서는 높은 소리가 났다. 개구리들이 화음 맞춰 합창이라도 하는 것 같았다. 나도 모르게 한숨을 쉬었다.

"시끄러워서 어떻게 자?"

만석이 형이 팔뚝으로 이마에 맺힌 땀을 닦으며 한마디 했다.

"트럭에서 귀마개 챙겨 가."

"아침밥 하자!"

삼촌이 침낭을 휙 걷었다. 차가운 공기 때문에 몸서리가 쳐졌다. 아직 해도 뜨지 않은 새벽이었다. 나는 침낭 속으로 다시 기어들어 갔다.

"10분만 더 잘게."

"당장 안 일어나면 아침밥 없다."

"안 먹어."

"점심도 없다."

"에이, 진짜!"

아침 이슬에 젖은 풀잎이 종아리를 스쳤다. 나는 눈곱을 떼면서 삼촌이 썰어 준 감자를 볶았다. 삼촌은 밥을 하고 달걀국을 끓였다. 마지막으로 삼촌이 달걀프라이 열세 개를 하는 동안 나는 텐트를 돌아다녔다.

"일어나세요. 아침밥 드세요."

움직이는 사람이 없었다. 삼촌이 식판 두 개를 내밀었다. 나는 텐트 속에 식판을 집어넣고 두들겼다.

깡! 깡! 깡!

효과가 확실했다. 사람들이 투덜대며 일어났다.

밥을 먹고 세수를 하고 출발 준비를 하는 동안 해가 지리산 위로 둥실 떠올랐다. 만석이 형이 몸풀기를 시켰다. 동작 하나를 할 때마다 사람들 입에서 신음 소리가 저절로 흘러나왔다.

"하나, 윽! 셋, 으윽! 다섯, 여섯, 아야야! 여덟……."

모두 신경통, 관절염에 허리 디스크까지 한꺼번에 앓는 사람들 같았다. 그동안 삼촌과 나는 설거지를 마치고 침낭을 차에 실었다. 텐트는 햇볕에 이슬을 좀 말린 다음에 싣기로 했다.

만석이 형이 문안이 형을 소개했다. 문안이 형이 큰 소리로 외쳤다.

"안녕하세요. 자전거 묘기 팀 '굴렁쇠' 단장 윤문안입니다. 박수!"

우리는 시키는 대로 박수를 쳤다. 문안이 형이 자전거에 올라타더니 대뜸 앞바퀴를 들었다.

"와!"

박수 소리가 커졌다. 문안이 형은 뒷바퀴로만 우리 둘레를 두 번이나 돌았다.

"다른 묘기도 보고 싶어요?"

문안이 형이 물었다. 우리는 큰 소리로 대답했다.

"예!"

"돈 내세요."

자전거 앞바퀴를 들었을 뿐인데 사람이 달라 보였다.

만석이 형이 줄을 세웠다.

"오늘은 하동 거쳐서 진주까지 갑니다. 오르막길 조금 있고 거리는 100킬로미터 조금 넘습니다. 선두에는 박희정 씨하고 배병진 씨가 섭니다."

희정이 누나가 고분고분 선두에 섰다. 오늘도 맨 뒤는 누워서 타는 자전거, 홍상옥 아저씨다. 상옥이 아저씨 자전거 뒤에는 2미터 길이의 깃대 두 개를 달았다. 노란 삼각 깃발이 바람에 펄럭여 뒤에서 오는 차들 눈에 잘 뜨일 것 같았다.

"출발!"

자전거들이 출발했다. 문안이 형이 앞서가더니 호루라기를 불며 오가는 차들을 막았다. 자전거가 다 빠져나가자 문안이 형이 멈춰 있는 차들을 향해 꾸벅 인사를 하고는 재빨리 자전거 대열을 쫓아갔다. 자전거들이 사라지자 삼촌이 말했다

"우리도 텐트 접고 출발하자."

처음이라 어려울 줄 알았는데 삼촌이 시키는 대로 하니까 텐트가 금방 접혔다. 짐을 정리해서 차에 싣고 남겨 둔 물건은 없는지, 쓰레기는 치웠는지 점검하고 차에 올랐다. 삼촌은 자전거들이 간 길과 반대쪽으로 차를 몰았다.

"자전거는 저쪽 길로 가던데?"

삼촌이 고개를 끄덕였다.

"우리는 강 건너편 길로 간다. 이쪽 경치가 더 멋져."

다리를 타고 강을 건넜다. 물이 맑고 바위가 많은 강이었다. 섬진강이라고 했다.

"우리나라에서 가장 아름다운 강이다."

삼촌이 보일 듯 말 듯 웃었다. 한강 말고 다른 강을 본 적이 별로 없어서 우리나라에서 제일인지는 모르겠지만 좋기는 좋았다. 맑은 강물이 구불구불 흘렀고 강 옆에는 작은 집들과 푸른 대나무 숲, 하얀 모래밭이 있었다. 가까이 보이는 지리산 능선이 강을 따라 길게 이어졌다. 위를 보면 지리산이고 아래를 보면 섬진강이었다.

"봄바람에 벚꽃 날릴 때 와 보면 눈물 날 거다."

늘 날카롭던 삼촌 눈빛이 부드러워 보였다. 강 건너편 길을 달리는 자전거들이 보였다.

날이 점점 뜨거워졌다. 벚나무가 길을 따라 늘어서 있지만 나무가 작아 그늘도 좁았다. 강 건너편 나무들이 훨씬 커서 그늘이 좋아 보였다.

얼마 달리지 않아 무지개처럼 둥근 다리가 나왔다. 삼촌이 다리를 건너며 신나는 노래를 불렀다.

내가 물끄러미 바라보자 삼촌이 노래를 멈추고 물었다.

"화개 장터라고 못 들어 봤냐?"

고개를 저으니까 삼촌이 말했다.

"집에 가면 엄마나 아빠한테 물어봐. 여기가 노래에 나오는 화개 장터야."

엄마 아빠한테 한가롭게 노래나 물어볼 상황이 아니란 걸 삼촌은 모르는 걸까? 그러고 보니까 엄마 아빠를 까맣게 잊고 있었다. 엄마한테 전화를 한번 해 봐야겠다. 내 걱정을 하고나 있을까? 내 걱정을 하고 있으면 좋겠다는 생각이 들었다. 다른 걱정거리가 생기면 이혼 같은 건 잊을 수 있을지도 모르니까.

삼촌이 섬진강으로 흘러드는 맑은 계곡 가장자리 주차장에 트럭을 세웠다.

"삼촌, 나 전화 좀 하고 올게."

"내 휴대전화 써."

"공중전화로 할래."

삼촌이 나를 힐끗 보더니 고개를 끄덕였다. 나는 가방에서 동전을 몇 개 꺼내서 공중전화를 찾았다. 가까운 버스 정류장에 공중전화가 있었다. 신호가 두 번 가기도 전에 엄마가 전화를 받았다.

"여보세요? 여보세요?"

"엄마. 나야."

"호진아, 너 어디야? 뭐 하고 있어?"

엄마 목소리가 다급했다. 걱정을 하고 있는 것 같아 기분이 괜찮았다. 나는 아무렇지 않은 것처럼 짧게 답했다.

"나 여행 중이야."

"호진아, 엄마 속 다 타기 전에 빨리 돌아와."

"이혼했어?"

엄마가 대답을 하지 못했다.

이혼을 하루 이틀 만에 할 수 없다는 건 나도 안다. 적어도 4주가 필요하다. 텔레비전에 나오는 판사 할아버지는 이혼을 하려는 부부한테 늘 "4주 뒤에 뵙겠습니다."라고 말한다. 그 전에 엄마한테 나도 우리 집 3분의 1이라는 걸 강력하게 알려 줄 필요가 있다.

"또 전화할게. 아빠한테는 절대 말하지 마."

엄마가 뭐라고 하기 전에 전화를 끊고 아빠한테 전화를 걸었다. 아빠도 신호가 가자마자 전화를 받았다.

"호진이냐?"

"응."

"너 지금 어디야? 어서 말해!"

아빠가 당장이라도 달려올 것처럼 다급하게 말했다.

"여행 중이야."

"빨리 집으로 안 들어와?"

아빠가 버럭 소리를 질렀다. 서울에 있는 아빠 사무실 사람들이야 깜짝 놀라겠지만 지리산 밑에 있는 나는 아무렇지도 않았다.

"아빠가 그러니까 안 들어가는 거야. 끊어요."

"끊지 마!"

"엄마한테는 전화 왔다고 말하지 마."

"호진아! 호진아!"

아빠 목소리가 수화기에서 흘러나왔다. 나는 수화기를 내려놓았다. 아빠 고함이 모기를 손바닥으로 때려잡을 때처럼 찍소리도 못 하고 사라졌다. 속이 후련했다. 엄마 아빠는 내가

KT

전화했다는 걸 서로 말할까, 안 할까?

호루라기 소리가 나더니 문안이 형과 만석이 형을 따라 자전거들이 줄줄이 주차장으로 내려갔다. 나는 빨리 트럭으로 달려갔다. 사람들이 자전거를 줄 맞춰 세워 놓고 시멘트 바닥에 앉았다.

은영이 누나가 박수를 쳤다.

"길이 정말 예뻐요. 자전거 여행 오기 잘했어요."

다들 어제와 달리 표정이 밝았다. 만석이 형이 주의를 줬다.

"경치 보려고 한눈팔면 안 됩니다. 큰 차들이 많이 다니니까 조심하세요."

쉬는 시간은 짧았다.

"출발 준비!"

만석이 형이 외쳤다. 자전거들이 줄줄이 출발했다. 트럭도 자전거들 뒤를 따라갔다. 달릴수록 강이 넓어졌다. 물만 많아지는 게 아니라 강가 모래밭이 축구장처럼 넓어졌다. 시원한 바람이 불 때마다 물결이 쳤다. 잔물결에 눈이 부시고 하얀 모래밭에 눈이 부시고 짙은 나뭇잎 사이로 문득문득 햇살이 들 때마다 눈이 부셨다.

바다로 흐르는 강을 따라가는 길이어서 그런지 오르막도 별로 없고 자전거들은 쭉쭉 속도를 냈다. 은영이 누나와 희정이 누나가 조금씩 처질 때마다 만석이 형이 옆에 가서 소리를 질렀다.

"밟아! 힘으로 누르지 말고 기어를 가볍게 해서 빠르게 밟아야 돼."

그 모습을 지켜보던 삼촌이 중얼거렸다.

"편할 때 미리 연습하는 게 좋을 거다. 좋은 길일수록 빨리 끝나는 법이지."

트럭 뒤에 차들이 많이 밀리자 만석이 형이 손가락 하나를 들며 소리를 질렀다.

"한 줄!"

두 줄로 달리던 자전거들이 한 줄로 바뀌며 길옆으로 바짝 붙어 달렸다. 삼촌도 트럭을 길옆에 붙였다. 뒤에 밀려 있던 자동차들이 자전거 옆을 쌩쌩 지나갔다. 자전거들을 향해 손을 흔드는 차도 있었지만 화난 얼굴로 욕을 하고 가는 차도 있었다. 자동차들이 다 지나가자 만석이 형이 손가락 두 개를 들며 소리를 질렀다.

"두 줄!"

자전거들이 원래대로 두 줄로 돌아왔다. 터널처럼 양쪽에 줄지어 선 벚나무 그늘을 한참 동안 달리자 섬진강이 오른쪽으로 휘어지고 왼쪽에 건물들이 나왔다. 도로 표지판에 '하동

읍'이라고 쓰여 있었다.

하동읍을 벗어나면서부터는 낮은 산들이 이어졌다. 삼촌이 트럭을 빨리 몰았다. 점심 준비를 하러 갈 시간이었다. 길은 힘들어하는 트럭을 달래듯 굽이굽이 부드럽게 산을 타고 올랐다.

오르막길을 오르며 삼촌이 말했다.

"이제부터 만석이랑 문안이가 고생 좀 하겠다."

자전거를 가장 잘 타는 두 사람이 고생을 한다니 무슨 말인지 궁금했다. 삼촌이 설명을 해 줬다.

"잘 타니까 고생이지. 못 타는 사람은 자기 자전거만 책임지면 되지만 잘 타는 사람은 못 타는 사람들까지 챙겨야 되거든. 단체 여행은 그런 거야. 가장 느린 사람 속도가 그 단체의 속도가 되는 거다."

무슨 말인지 알 듯 모를 듯했다. 삼촌이 내 얼굴을 흘낏 보더니 말했다.

"해 봐야 알지, 말로는 잘 몰라."

나를 대놓고 무시하는 것 같아 기분이 별로 안 좋았다. 삼촌은 남 기분 상하지 않게 말하는 법을 배울 필요가 있다.

점심 준비는 청학동으로 가는 길목에 있는 냇가 옆에서 했다. 등나무 그늘이 있고 벤치가 있는 곳이었다. 나는 가까운 곳에 있는 노인정에 가서 물을 얻어 왔다.

밥 준비가 끝날 때쯤 자전거들이 도착했다. 사람들이 노인정 마당 수도꼭지로 달려들었다. 이틀은 물을 못 마신 사람들 같았다.

밥을 먹는 데는 10분도 걸리지 않았다. 다들 숟가락을 놓자마자 그늘에 드러누웠다.

혼자서 식판을 닦는데 은영이 누나가 슬그머니 옆으로 왔다.

"도와줄까?"

마다할 이유가 없었다. 은영이 누나가 수세미를 들더니 식판을 닦아 내밀었다. 나는 식판을 맑은 물에 헹구고 마른행주로 닦아 쌓았다. 둘이 하니까 설거지가 금방 끝났다. 고마웠다.

"고마워, 누나."

"별거 아냐. 사실 어제부터 계속 미안했어. 꼬맹이가 설거지를 다 하니까."

고맙기는 한데 은근히 기분이 나빴다. 은영이 누나는 키도 나랑 비슷했고 몸무게는 내가 더 나갈 것 같았다. 중학교 3학년쯤 될까?

"고등학교 1학년이야. 계속 다녔다면."

"학교 안 다녀?"

"대안학교 다녀."

학교 과목 중에 '여행하기'가 있다고 했다. 그런 학교라면 나도 다녀 보고 싶었다.

다른 사람들이 등나무 그늘 아래서 잠을 자는 동안 은영이 누나와 나는 냇물에 돌을 퐁당퐁당 던지며 이런저런 이야기를 했다. 삼촌이랑은 말이 곱게 끝나는 적이 없는데 은영이 누나랑 이야기를 하니까 말이 부드럽게 술술 나왔다.

"실은 나도 이런 여행 처음이야. 우리 잘해 보자!"

은영이 누나가 웃으며 손을 내밀었다. 얼떨결에 손을 잡았다가 깜짝 놀랐다. 손가락은 연필처럼 가늘고 손바닥은 밀가루 반죽처럼 부드러웠다. 저런 손으로 자전거를 타야 하다니. 갑자기 은영이 누나가 불쌍했다. 내가 삼촌이라면 날마다 트럭을 태워 줄 텐데.

"출발 준비!"

삼촌과 만석이 형이 사람들을 깨웠다. 다들 얼굴을 찡그리며 햇살 속으로 걸어 나와 몸을 풀었다. 출발하기 전에 식염 포도당을 하나씩 먹었다.

오후에는 다들 말이 없었다. 열심히 자전거를 탈 뿐이었다. 오전보다 햇볕이 더 뜨거웠다. 길 위에서 이글이글 열기가 올라오는 게 보였다. 하나같이 목마른 강아지처럼 입을 벌리고 숨을 몰아쉬며 페달을 굴렸다.

오르막길이 나왔다. 처음에는 그대로 잘 올라가는가 싶더니 곧 대열이 엉망이 됐다. 은영이 누나와 희정이 누나가 뒤로 처졌다. 영우 아저씨도 누나들만큼이나 뒤떨어졌다.

만석이 형이 맨 앞에 가는 배병진 아저씨한테 소리쳤다.

"고갯마루에서 멈춰요. 기다렸다가 같이 갑시다."

1등과 꼴찌의 간격이 점점 벌어졌다. 만석이 형과 문안이

형이 애써 올라간 길을 내려왔다. 문안이 형이 은영이 누나 옆에 붙었다. 만석이 형은 희정이 누나 등을 밀었다. 누나들 자전거 속력이 조금 빨라졌다. 꼴찌가 된 영우 아저씨가 헉헉대며 투덜거렸다.

“이거 뭐야. 나도 밀어 줘야지. 그냥 가?”

삼촌이 차창 밖으로 고개를 내밀고 소리쳤다.

“힘내요. 다른 생각 하지 말고!”

영우 아저씨가 이를 악물었다. 삼촌이 확성기에 대고 박자를 맞췄다.

“하나, 둘, 하나, 둘. 좀 더 빠르게! 옳지! 계속 그 속도로!”

영우 아저씨가 앞서 나갔다. 희정이 누나가 비명을 질렀다.

“아! 나 못 해! 내릴 거야.”

희정이 누나를 밀던 만석이 형이 고함을 질렀다.

“계속 굴러! 내리면 안 돼.”

“왜 자꾸 반말이에요!”

“따질 힘 있으면 한 번이라도 더 굴러! 구르는 것만 생각해!”

은영이 누나는 끙끙대며 페달을 굴렀다. 문안이 형은 밀지 않고 옆에서 응원을 했다.

“100미터만 더 가자. 할 수 있어! 다 왔다!”

300미터쯤 가서 문안이 형이 또 소리쳤다.

"이제 50미터 남았다. 힘내!"

100미터쯤 더 갔다. 문안이 형이 한 손으로 물병을 꺼내 뚜껑을 열더니 은영이 누나 머리 위에 물을 부어 주었다.

"다 왔다! 저 코너만 돌자!"

굽은 길을 돌자 먼저 올라간 사람들이 나무 그늘에서 쉬고 있었다. 영우 아저씨가 도착할 때는 조용했는데 희정이 누나와 은영이 누나가 도착하자 다들 박수를 쳤다. 두 누나는 자전거를 팽개치고 나무 그늘에 드러누웠다.

나는 아이스박스에서 시원한 오이를 꺼내 돌렸다. 오이가 이렇게 맛있는 채소인 줄은 몰랐다. 채소가 아니라 과일 같았다. 아삭아삭 시원한 맛이 온몸에 메아리쳤다. 오이즙이 땀구멍으로 흘러나올 것 같았다.

정신 못 차리던 두 사람도 조금 쉬고 나자 제정신으로 돌아온 것 같았다. 시체처럼 누워 있던 희정이 누나가 윗몸을 일으키자 만석이 형이 외쳤다.

"출발 준비!"

희정이 누나가 만석이 형을 노려보았다. 만석이 형이 맞받아 노려보며 외쳤다.

"빨리 출발 준비!"

자전거들이 출발했다. 페달을 구르지 않아도 바람처럼 달릴 수 있는 내리막길이 기다리고 있었다. 자전거들이 점점 빨라졌다. 오르막길이 길었던 만큼 내리막길도 길었다.

"아아아아아아!"

누군가 소리를 질렀다. 그 마음을 알 것 같았다.

4. 거지 떼

진주에서는 초등학교에서 잤다. 딱딱한 교실 바닥에 침낭을 깔았지만 텐트보다는 훨씬 잘 만했다. 새벽에도 덜 춥고 이슬에 텐트가 젖지도 않았다. 다들 같은 생각인 것 같았다. 까다로운 희정이 누나만 입이 튀어나왔다.

마산이 가까워지면서 크고 작은 언덕들이 자주 나왔다. 큰 트럭들이 많이 지나다녀서 아찔하기도 했다. 언덕길은 자전거의 적이었다. 언덕만 나오면 속도가 평지의 반의반으로 떨어졌다. 앞에 언덕이 보이면 다들 먼저 비명을 질렀다. 문안이 형과 만석이 형이 소리를 지르고 등을 밀고 야단을 쳐서 고개를 하나씩 넘었다. 그러다가 마산을 앞둔 언덕길에서 희정이 누나가 쓰러졌다. 만석이 형이 소리를 질렀다.

"다들 멈추지 말고 올라가! 고갯마루에서 기다려!"

뒤에 남은 지은이 누나가 희정이 누나 종아리를 주물렀다. 희정이 누나가 손을 벌벌 떨며 비명을 질렀다. 다리에 쥐가 난 모양이었다. 만석이 형이 희정이 누나 다리를 잡았다. 희정이 누나가 악을 썼다.

"아파! 진짜 아프다고!"

만석이 형은 들은 척도 안 하고 희정이 누나 신발을 벗겼다. 한 손으로 누나의 무릎을 눌러 다리를 펴고 한 손으로는 발가락을 구부렸다.

"악!"

희정이 누나가 눈물을 흘렸다. 저러다가 기절할까 봐 걱정이 됐다. 만석이 형이 일부러 저러는 것 같았다. 늘 딴지를 거는 희정이 누나한테 복수를 하는 게 분명했다.

그때 삼촌이 나한테 헬멧을 건네며 말했다.

"너 희정 씨 자전거 타고 올라가!"

이 더위에 자전거를 타라고? 그것도 오르막길에서?

싫다고 말하려는데 만석이 형이 희정이 누나 자전거를 던지다시피 내밀었다.

"빨리 가!"

싫다고 하면 혼날 것 같은 분위기였다. 희정이 누나가 부축을 받으며 트럭에 올라탔다.

나는 어쩔 수 없이 자전거에 올라탔다. 만석이 형과 지은이 누나가 뒤이어 출발했다. 경사 길을 오르려니까 다리에 힘이 잔뜩 들어갔다. 희정이 누나 다리에 쥐가 날 만도 했다. 지은이 누나가 나를 앞질렀다. 긴 다리로 춤을 추듯 경쾌하게 페달을 밟았다. 그러고 보니 지은이 누나는 지금까지 한 번도 힘들다고 한 적이 없다. 오르막길에서도 뒤처진 적이 없다. 거리가 점점 벌어졌다. 2미터, 3미터, 4미터……. 만석이 형이 옆에 와

서 악마처럼 속삭였다.

"거북이냐?"

오르막길에서 자전거를 타 보니 알 수 있었다. 지은이 누나는 괴물 같았다.

만석이 형이 하나둘 박자를 맞춰 주었다.

"기어 가볍게 바꿔! 힘으로 오르려고 하지 마. 그럼 오래 못 간다."

소리를 지르는 것보다 밀어 주는 게 더 도움이 될 텐데. 아무래도 만석이 형은 여자만 밀어 주는 모양이었다. 어제 투덜댔던 영우 아저씨 마음을 알 것 같았다.

만석이 형이 얄미워서 약한 모습을 보이기 싫었다. 나는 이를 악물고 페달을 밟았다. 사람들이 멈춘 고갯마루까지 300미터 정도 남은 것 같았다. 고개를 숙이고 도로 가장자리의 흰 선을 내려다보며 페달을 밟았다. 내가 흘린 땀방울이 흰 선에 부딪혀 부서졌다.

'100까지만 세자.'

한 바퀴 굴릴 때마다 하나씩 셌다. 100이 그렇게 큰 수인지 미처 몰랐다. 가까스로 100을 채웠는데도 가야 할 길이 한참 남았다. 100을 다시 세기로 했는데 70까지 셋을 때 고갯마루에 닿았다. 기다리던 사람들이 박수를 쳤다. 뒤이어 트럭이 도착했다. 박수 치던 사람들이 우르르 희정이 누나를 보러 가고 나 혼자 남았다.

만석이 형이 희정이 누나한테 물었다.

"어때요. 탈 수 있겠어요?"

희정이 누나가 힘없이 고개를 저었다. 비 맞은 강아지처럼 불쌍해 보였다. 만석이 형이 삼촌하고 이야기를 나누더니 결론을 냈다.

"오늘은 호진이가 희정 씨 자전거를 타라."

희정이 누나가 내 눈길을 피했다. 이 더위에 자전거를 타라니! 나는 자전거를 타려고 여기 온 게 아닌데.

"출발 준비!"

다들 자전거가 있는 곳으로 우르르 몰려갔다. 트럭 창문이 스르르 올라갔다. 힘없이 앉아 있던 희정이 누나가 살짝 웃었다. 에어컨을 켠 모양이었다.

오르막길은 지옥인데 내리막길은 천국이었다. 신나게 내려가는 길에 산들 사이로 얼핏 바다가 보이기도 했지만 신경 쓸 틈이 없었다. 내리막길에서 한눈팔면 큰 사고가 날 것 같았다.

하지만 내리막길은 짧았다. 다시 지옥 같은 오르막길이 기다리고 있었다. 한 시간에도 몇 번씩 천국과 지옥을 오르내렸다. 지네처럼 바퀴가 많이 달린 트럭들이 부쩍 늘어났다. 트럭이 옆을 지나갈 때마다 바람에 휘청거리고, 배기가스에 숨이 막히고, 엄청난 경적 소리에 귀가 먹먹했다.

쉴 곳도 마땅치 않았다. 시내로 들어와 길옆에 자전거를 세우고 잠시 쉬고 있으면 사람들이 우리를 구경했다. 처음에는 좀 창피했는데 나중에는 아무렇지도 않았다. 삼촌이 나를 불렀지만 나는 꼼짝하지 않았다. 나도 자전거를 타니까 쉴 권리가 있다. 몇 번을 불러도 못 들은 척하자 삼촌이 직접 아이스박스에서 오이를 꺼내 왔다.

그늘이 없어 햇빛 아래에서 쉬었다. 손바닥만 한 나무 그늘에 몇 명이 머리만 들이밀기도 했다. 햇볕에 벌겋게 달아오른 얼굴에 땀이 흐르고 그 땀에 먼지가 달라붙었다. 누나들은 자전거 마스크로 얼굴을 다 가리고 모자를 쓴 다음 헬멧을 썼다. 반팔, 반바지에 샌들을 신어 발가락까지 빨갛게 탄 리나를 빼고는 다들 긴팔, 긴바지를 입었다. 너무 뜨거울 땐 그렇게 다 가리는 게 낫다고 했다. 남자들은 벌써부터 햇볕에 익었다. 너무 익어서 타는 중이었다.

길바닥에 털썩 주저앉아 오이를 맛있게 먹고 있으려니까 아주머니들이 혀를 차며 우리를 지나쳤다. 우리는 어느새 웃긴 사람들이 되어 있었다. 누나와 형 들도 이 상황이 재밌는지 원숭이처럼 낄낄대며 웃었다. 아저씨들은 "남 속도 모르고, 좋을 때다아!" 하고 말꼬리를 늘였다.

"출발 준비!"

시계를 보던 만석이 형이 벌떡 일어나 고함을 질렀다. 입에서 신음 소리가 저절로 나왔다. 우리는 줄을 맞춰 다시 페달을 굴렀다.

가도 가도 끝이 없을 것 같았는데 결국 창원에 도착했다. 멋진 시청 광장 앞에 백화점이 있고 높은 건물도 많았다. 하지만 우리는 근사한 곳들을 다 지나쳐 낡은 건물이 많은 동네로 들어갔다. 만석이 형은 구불구불 좁은 길로 우리를 데려가더니 2층 건물 앞에 멈춰 섰다. 1층엔 '경남 슈퍼', 2층엔 '착한 교회' 간판이 달려 있었다. 교회라지만 십자가 탑도 보이지 않았다.

"어서 오세요."

삼촌이 2층 창가에서 우리를 보고 손을 흔들었다. 우리는 긴 쇠사슬로 자전거들을 꼼꼼히 묶어 놓고 2층으로 올라갔다. 삼촌이 웃으며 말했다.

"한 층 더 올라가세요."

3층은 햇살을 받아 뜨끈뜨끈하게 달궈진 옥상이었다. 다들 기막힌 듯한 표정으로 서로 얼굴을 바라봤다. 삼촌이 시치미를 떼고 말했다.

"샤워 먼저 하고, 빨래를 해서 옥상 바닥에 너세요. 빨리빨리!"

여자들은 교회 안쪽에 있는 샤워실로 갔고 남자들은 화장실로 갔다. 샤워기도 욕조도 없지만 우리는 물통에 물을 받아 신나게 샤워를 했다. 햇볕에 타고 땀에 전 몸에 물을 뿌릴 때마다 눈이 감길 만큼 행복했다.

우리는 알몸으로 화장실 바닥에서 빨래를 했다. 저녁마다 땀에 젖은 옷을 빨았지만 손으로 짠 데다가 아침에 이슬이 내려서 덜 말랐다. 덜 마른 옷을 가방에 넣으면 퀴퀴한 냄새가 났다.

빨래를 해서 삼촌이 시킨 대로 따뜻한 옥상 바닥에 널었다. 빨래가 은근히 많아서 빨랫줄까지 쳐야 했다. 누나들은 여성 전용 자리에 따로 빨래를 널었다.

저녁밥을 먹고 가위바위보를 해서 진 사람이 설거지를 하는 동안 옥상 바닥에 텐트를 쳤다. 옆 건물에서 사람들이 나와 우리를 구경했다. 자전거를 탈 때는 용감하게 길에 드러눕던 누나들이 창피하다며 텐트 속으로 도망을 쳤다. 얼굴을 가리지 않아서 용기가 사라진 모양이었다.

밤이 되었는데도 옥상은 여전히 온돌방 같았다. 덕분에 빨래는 뽀송뽀송하게 말랐지만 가만히 있어도 땀이 났다. 나는 옥상 가장자리에 서서 아래쪽을 바라보았다. 편의점, 김밥집, 중국집, 통닭집이 보였다. 통닭 튀기는 냄새가 뇌를 흔들었다. 짜장면 냄새는 고문이었다. 감옥에 갇힌 죄수가 이런 기분일까? 삼촌이 밖으로 나가지 못하게 했기 때문에 모든 것이 그림의 떡이었다. 희정이 누나가 투덜거렸다.

"도대체 왜 못 나가게 하는 거야? 우리가 뭐, 수학여행 온 중학생이야?"

문안이 형이 대답했다.

"원래 그래요. 풀어 주면 꼭 한 명씩 사고 치는 사람들이 있거든요."

동혁이 형이 나한테 물었다.

"간식 담당! 밤에는 뭐 안 주냐?"

나는 고개를 저었다. 줄 것이 없어 정말 미안했지만 먹을 게 있으면 나부터 먹고 싶었다. 주위를 돌아보니 어느새 사람들이 내 옆에 늘어서서 냄새를 맡고 있었다. 은영이 누나가 혀로 입술을 핥았다.

"편의점에서 아이스크림 한 통만 사 먹었으면."

그 말이 신호라도 되듯 음식 이름이 쏟아졌다.

"고기를 먹어야 돼. 바삭한 통닭에 맥주 한 잔 쭈욱!"

"난 냉면 먹고 싶어. 얼음 동동 동치밋국물에 사리 추가!"

"삼겹살! 삼겹살! 삼겹살!"

"시원한 수박이나 한 통 퍼먹으면 좋겠다."

"탕수육 배달시킬까?"

갑자기 모두 조용해졌다. 그러고 보니 배달 음식을 먹는 방법이 있었다. 나가지 않는 거니 삼촌한테 야단맞을 일이 없다. 동혁이 형이 눈치를 살피며 말했다.

"괜찮을까요?"

영우 아저씨가 확신에 찬 목소리로 대답했다.

"술만 안 시키면 돼!"

"맞아. 오늘 저녁이 좀 부실했어."

"고기를 먹어야 돼, 고기!"

리나와 웨인이 어리둥절한 눈으로 우리를 바라봤다. 상옥이 아저씨가 통역을 하자 둘은 박수를 치며 좋아하더니 피자를 시키자고 했다.

영우 아저씨가 손사래를 쳤다.

"피자는 무슨! 고기 먹자니까."

2층 화장실에 다녀온 지은이 누나가 고개를 저었다.

"배달도 못 들어올 것 같아요. 석기 단장님이랑 만석 팀장님이 계단을 지키고 있어요."

다들 한숨을 쉬며 자리에 주저앉았다. 하지만 끝까지 포기하지 않는 사람이 있었다. 상옥이 아저씨가 벌떡 일어나더니 옥상 난간 밖으로 몸을 내밀었다. 1층 경남 슈퍼 앞에는 파라솔을 꽂은 간이 탁자와 플라스틱 의자가 있었다. 상옥이 아저씨가 파라솔 밑에서 맥주를 마시는 아저씨를 불렀다.

"아저씨! 죄송하지만 슈퍼 사장님 좀 불러 주시겠습니까?"

주인아주머니가 나왔다. 우리는 상옥이 아저씨가 무슨 꿍꿍인지 지켜봤다. 아저씨는 지폐를 꺼내 꼭꼭 접더니 아래쪽으로 던졌다. 주인아주머니가 검은 봉지에 아이스크림을 들고나와서 한 개를 꺼내 2층으로 던졌다. 아이스크림은 간판을 맞고 길에 떨어졌다. 다시 던졌지만 전깃줄에 맞고 길에 떨어졌다. 아이스크림이 납작해졌다. 누나들이 발을 동동 굴렀다. 맥주를 마시던 아저씨가 주인아주머니를 지켜보다가 벌떡 일어났다.

"아지메, 이리 줘 보소!"

아이스크림들이 옥상으로 슝슝 날아들었다. 우리는 아이스크림을 받으러 우르르 뛰어다녔다. 마지막 아이스크림이 올라오자 상옥이 아저씨가 맥주 아저씨한테 말했다.

"고맙습니다. 복 받으실 거예요."

그때 2층으로 내려가는 문이 열리더니 삼촌이 고개를 내밀

낙원
슈퍼 마켓

었다.

"쿵쿵 뛰는 소리가 나던데, 무슨 일입니까?"

우리는 딴청을 피우며 제각기 텐트로 들어갔다. 삼촌이 누구한테랄 것 없이 큰 소리로 말했다.

"내일도 덥다니까 일찍 쉬세요."

삼촌이 사라지자 우리는 조용히 아이스크림을 먹었다. 아이스크림이야말로 세상에서 가장 맛있는 음식이라는 걸 지금까지 몰랐다. 혼자서 열 개도 먹을 것 같았다.

아이스크림을 다 먹은 사람들이 하나둘 텐트 밖으로 나왔다. 증거를 없애려고 포장지를 모아 숨겼다. 다들 아쉬운 얼굴이었다.

영우 아저씨가 말했다.

"통닭도 던질 수 있을까?"

통닭은 봉투가 터질 것 같다는 게 여러 사람 생각이었다. 아이스크림을 안 먹었으면 모르는데, 한번 금지된 맛을 보기 시작하자 참을 수가 없었다. 차라리 아이스크림을 더 먹자는 쪽으로 의견이 모아졌을 때였다. 은영이 누나가 빙긋 웃으며 손을 들어 빨래를 가리켰다. 빨래 밑에는 빨랫줄이 숨어 있다. 빨랫줄을 내리면 통닭 봉투가 올라올 수 있다. 다들 박수를 쳤다. 지은이 누나가 쓰고 있던 모자를 벗어 내밀었다.

"통닭은 비싸니까 돈을 걷어요."

사람이 열한 명이라 여섯 마리는 시켜야 될 것 같았다. 돈을 가지러 다들 텐트 속으로 들어갔다.

"일찍 자나 보네?"

삼촌 목소리가 들렸다. 숨죽인 채 고개를 내밀어 보니 삼촌과 만석이 형이 옥상 난간에 기대 서 있었다. 둘은 우리가 그랬던 것처럼 아래쪽을 내려다보며 이야기를 주고받았다.

"통닭 먹고 싶다, 형."

"참아! 통닭이 맥주를 부르고 맥주가 또 맥주를 부르고 그 맥주가 새벽을 불러. 8월에 술 먹고 자전거 타면 길바닥에 바로 김치전 부치는 거 몰라?"

"통닭 먹고 무슨 김치전이야, 닭죽이지!"

"어쨌든 안 돼!"

"누가 먹재? 그냥 먹고 싶다고."

"그건 그렇다."

삼촌과 만석이 형은 무슨 할 이야기가 그렇게 많은지 그 자리에서 꼼짝도 하지 않고 이야기를 계속했다. 둘이 내려가기를 기다리는데 자꾸 졸음이 왔다. 다른 텐트에서 코 고는 소리가 들렸다.

어느새 아침이 되었다. 만석이 형이 일찍부터 얌전히 트럭에 앉아 있는 희정이 누나를 끌어냈다. 만석이 형 덕분에 내 자리를 되찾았다.

창원을 빠져나오면서 첫 번째 터널을 만났다. 터널 앞에서 만석이 형이 주의를 줬다.

"터널 안에서는 경차가 지나가도 비행기 소리가 나요. 트럭이 지나가면 로켓 소리가 납니다. 절대 겁먹으면 안 되고, 꼭 간격 지키세요. 바람이 장난 아니니까 마음 단단히 먹고 페달 밟으세요. 다들 후미등 켜고!"

다들 안장 밑에 붙은 후미등을 켰다. 빨간 불빛들이 깜빡거렸다. 삼촌이 나한테 경광봉을 흔들라고 했다. 삼촌은 멜론만 한 경광등을 꺼내 트럭 지붕에 붙였다. 구급차처럼 번쩍번쩍 불빛이 돌아갔다. 거기다가 비상 깜빡이까지 켜자 트럭은 달리는 노래방처럼 눈에 띄었다. 차가 오지 않는 틈을 타 자전거들이 출발했다.

터널 안에 들어서자 만석이 형이 소리를 질렀다.

"빠르게!"

"빠르게!"

따라 외치는 소리가 터널 안에 울려 퍼졌다. 자전거들이 속도를 내자 삼촌이 뒤쪽을 향해 사이렌을 울렸다.

애애애애애앵.

대답이라도 하듯 뒤쪽에서 비행기 소리가 났다.

우우우웅!

사이렌 소리가 금방 묻혀 버렸다. 경광봉을 흔들면서 뒤쪽을 보니 빨간 자동차 한 대가 달려오고 있었다. 버스와 트럭도 따라왔다. 우리 트럭에 비하면 날아갈 듯 빠른 속도였다. 삼촌 얼굴이 바짝 굳었다. 나도 열심히 경광봉을 흔들었다. 버스가 자전거 옆을 지나며 뿌아앙 경적을 울렸다. 귀가 찢어질 것 같았다. 삼촌이 소리를 질렀지만 아무 소리도 들리지 않았다. 입 모양으로 봐서 버스에다 욕을 하는 것 같았다.

저 멀리 작고 동그란 빛이 보였다. 터널 끝이었다. 금방이라도 닿을 줄 알았던 터널 끝은 한참을 달려도 다다를 수가 없었다. 자전거들 후미등이 제자리에서 깜빡깜빡 빛나는 것 같았다. 차들이 쉴 새 없이 지나갔다. 터널 안은 공기가 나빴다. 차들이 내뿜는 배기가스 때문에 기침이 나왔다.

한참을 달려 터널을 빠져나왔다. 터널로 들어오기 전에는 그토록 짜증 났던 햇빛이 무척 반가웠다. 지하 감옥에 몇 년 갇혀 있다 나온 것 같았다.

터널을 빠져나오자 반가운 내리막길이 이어졌다. 우리는 터널의 악몽을 잊고 신나게 부산을 향해 달렸다. 곧 넓디넓은 강이 나왔다. 우리가 건너야 하는 강, 낙동강이었다.

부산은 바닷가 도시인 줄 알았다. 어디서나 눈길만 돌리면 하얀 모래밭과 푸른 파도가 보일 줄 알았다. 자동차보다는 배가 많을 줄 알았다. 이름에 '산'이 들어가지만 산은 없을 줄 알았다. 낙동강을 넘기 전까지는 그랬다. 부산에 들어왔지만 바다는 어디에도 보이지 않았다.

시내로 들어오면서 차들이 부쩍 늘었다. 길이 오르락내리락 춤을 추자 희정이 누나가 뒤로 처졌다. 문안이 형이 따라붙어서 물었다.

"왜 그래요?"

"나 못 가겠어요. 트럭 탈래요."

"다음 쉴 때까지 가 봐요."

희정이 누나가 나를 돌아보았다. 슬며시 웃는 것 같았다. 내 자리를 노리는 게 분명했다. 나도 자전거를 타고 싶지 않다. 나오라는 바다는 안 나오고 산들 사이로 언덕길만 이어지니 더더욱 그랬다.

쉬는 시간이 되었다. 육교 아래 그늘진 곳에서 자전거 대열이 멈춰 서자 희정이 누나가 트럭으로 걸어왔다. 삼촌이 고개를 갸웃거리더니 만석이 형을 불렀다.

"희정 씨 차에 태울 상태냐?"

만석이 형이 희정이 누나 눈을 들여다보았다. 희정이 누나가 발끈 화를 냈다.

"뭘 봐요?"

만석이 형이 희정이 누나를 막았다.

"희정 씨, 트럭 못 탑니다. 자전거 타세요."

"정말 힘들다니까요."

희정이 누나가 발을 쿵쿵 굴렀다. 만석이 형이 삼촌한테 말했다.

“내가 말하기 전까지는 누구도 트럭 태우지 마.”

“당연하지.”

희정이 누나가 삼촌과 만석이 형을 흘겨보았다. 나는 자전거를 타지 않게 되어 마음이 놓였지만 그 평화가 오래가지는 않았다.

“출발 준비!”

영우 아저씨가 일어섰다가 비틀거리며 주저앉았다. 은영이 누나가 비명을 질렀다. 문안이 형과 만석이 형이 달려왔다. 그늘에 영우 아저씨를 눕히고 얼음물을 수건에 적셔 몸을 닦아 주었다. 다행히 영우 아저씨는 금방 눈을 떴다.

“괜찮아. 갑자기 어지러워서. 참 나! 술도 안 먹었는데.”

만석이 형이 나한테 손짓을 했다. 심부름을 시킬 줄 알았는데 영우 아저씨 자전거를 가리켰다.

“저거 타!”

문안이 형이 영우 아저씨를 트럭에 태웠다. 삼촌이 나한테 헬멧을 던져 주더니 트럭 창문을 스르르 올렸다. 에어컨을 켤 모양이었다.

“출발!”

자전거들이 줄지어 출발했다. 나는 페달을 밟으며 바다가 나오기만 하면 자전거를 타고 뛰어들겠다고 다짐을 했다.

달리고 달려 마침내 광안리에 도착했다. 바다를 가로지르는 광안대교가 보였다. 다들 바다로 뛰어들고 싶어서 몸이 간지러운 모양이었다. 만석이 형이 삼촌과 수군대더니 우리한테 말했다.

"10분만 쉬었다가 출발합니다."

"그런 게 어디 있어요. 해수욕장에 왔는데!"

"맞아. 좀 놀다 갑시다."

조금 고민이라도 할 줄 알았는데 삼촌은 두 번 생각하지도 않고 고개를 저었다.

"이런 날 바다에서 놀면 탈진해서 자전거 못 타요. 게다가 오후에 비 온답니다. 날 좋을 때 조금이라도 더 가야 돼요."

"오늘 부산에서 잘 거잖아요."

"부산 끝에서 잡니다. 아직 한참 남았어요."

사람들 입술이 오리처럼 쭉 나왔다. 미친 척하고 모래밭으로 달려가 버릴까? 다른 사람들도 나를 따를지 모른다. 그럼 혼나더라도 11분의 1만큼만 혼나면 된다. 그런데 만약 안 따라오면? 나는 사람들 눈치를 봤다. 다들 투덜거리면서 관광 안내판 그늘을 찾아 들어갔다. 해가 높아 그늘도 좁았다. 머리를 넣으면 발이, 발을 넣으면 머리가 햇빛 아래로 나왔다. 그래도 어느새 몇 명이 꾸벅꾸벅 졸았다. 반란을 일으킬 때가 아니었다.

날씨가 더워서인지 갈매기도 날아다니지 않았다. 나는 신발과 양말을 벗었다. 엄청난 냄새가 났다. 햇볕 드는 곳에 신발과 양말을 밀어 놓았다. 냄새는 햇볕이 없애 준다. 10분이면 된다.

삼촌은 문안이 형, 만석이 형과 이야기를 하고 다른 사람들은 데친 시금치처럼 누워 있었다. 나는 몰래 일어서서 모래밭 쪽으로 걸어갔다. 모래밭을 걷기만 해도 시원할 것 같아 무심코 발을 내디뎠다.

"앗, 뜨거!"

나도 모르게 비명을 질렀다. 한 걸음 내디뎠을 뿐인데 발바닥이 화끈거렸다. 현실은 상상과 달랐다.

삼촌이 나한테 걸어왔다. 휴대전화를 귀에 댄 채 나를 노려보고 있었다. 삼촌이 내 앞에 서서 휴대전화에 대고 말했다.

"나한테 이래라저래라 하지 말고 일단 호진이랑 통화를 해 봐."

삼촌이 휴대전화를 내밀었다. 엉겁결에 전화를 받았다.

"여보세요?"

"아빠다."

깜짝 놀랐다. 내가 삼촌이랑 있는 걸 어떻게 알았을까?

“호진아, 이제 집에 들어와. 닷새면 충분히 밖에 있은 거야.”

나는 대답을 하지 않았다. 벌써 닷새나 되었나? 순간순간 정신없이 지내다 보니까 시간 가는 걸 몰랐다.

“당장 부산역 가서 케이티엑스(KTX) 타고 올라와. 아빠 말 알았지?”

“안 가.”

“뭐라고?”

아빠 목소리가 높아졌다. 떠나기 전과 똑같은 집이라면 돌아가기 싫다. 떠나기 전과 똑같은 엄마 아빠라면 만나기 싫다. 이렇게 멀리 떠나 헤매는 것도 그것 때문인데 아무 일 없었다는 듯 돌아오라고? 돌아가고 싶을 만큼 그리운 건 하나도 없다.

아빠한테 물었다.

“진짜 이혼할 거야?”

“호진아, 그건 엄마랑 아빠 문제야.”

“내 문제야!”

나도 모르게 소리가 크게 나왔다. 나는 전화를 끊어 버렸다. 삼촌한테 전화기를 돌려주자마자 다시 전화벨이 울렸다. 삼촌이 전화를 받아서 내게 내밀었다. 내가 고개를 젓자 삼촌이 전화를 받았다. 아빠가 지르는 소리가 나한테까지 들렸다. 삼촌이 조용히 대답했다.

"나한테 소리 지르지 말라니까. 방해되니까 자꾸 전화하지 마. 봐서 내가 전화할게."

삼촌이 전화를 끊고 내 옆에 앉았다.

"왜 말 안 했냐?"

"그럼 오지 말라고 했을 거잖아."

삼촌이 피식 웃었다.

"힘들었냐?"

나는 고개를 끄덕이며 삼촌한테 물었다.

"나 보낼 거야?"

"네가 오고 싶어서 왔으니까 네가 가고 싶을 때 가."

삼촌이 벌떡 일어났다. 나는 벗어 놓았던 양말과 신발을 신었다. 양말은 어느새 바짝 말라 있었다.

삼촌이 트럭에서 졸고 있던 영우 아저씨를 깨웠다.

"자전거 탈 수 있겠습니까?"

영우 아저씨가 기지개를 켜더니 차에서 내렸다. 내 자리를 되찾았다고 생각했는데 삼촌이 트럭 짐칸 문을 열더니 나를 불렀다. 삼촌은 안쪽에 있는 빨간 자전거를 어렵게 꺼냈다.

"내 자전거다. 오늘부터 이거 타."

"뭐라고?"

"조수 할 필요 없으니까 지금부터 쭉 자전거 타라고."

삼촌은 내 대답도 듣지 않고 내 키에 맞춰 안장 높이를 조절했다. 나는 삼촌 팔을 잡았다.

"나 그냥 삼촌 조수 할래."

"아무 생각 말고 자전거만 타. 지금 너한테는 이게 필요해."

삼촌이 만석이 형을 불렀다.

"호진이 오늘부터 쭉 자전거 태운다."

만석이 형이 사악하게 웃으며 소리쳤다.

"출발 준비!"

길은 좁아도 부산은 넓었다. 가도 가도 끝이 나지 않았다. 차가 많았고 오르막길만큼 내리막길도 많았다. 내리막길에서 속도를 낼 만하면 꼭 신호등에 걸렸다. 그나마 다행인 건 삼촌 자전거가 다른 자전거들보다 훨씬 좋다는 거였다. 가벼웠고 기어 바꾸기도 쉬웠다. 브레이크 손잡이에 손가락만 살짝 올려도 자전거가 착착 멈췄다. 다른 자전거를 탈 때는 이렇게 해야 하나 저렇게 해야 하나 신경이 쓰였는데, 삼촌 자전거는 익숙해지니까 편하게 탈 수 있었다.

그렇다 해도 자전거는 자전거였다. 내가 페달을 구르지 않으면 움직이지 않았다. 처음에는 신이 날 만큼 자전거가 가볍게 느껴졌지만 조금 타다 보니까 그런 느낌도 사라졌다. 시내에서 자전거를 타니까 훨씬 빨리 지쳤다. 덕분에 쉬는 시간이 잦아졌다. 삼촌이 간식으로 바나나를 돌리고 시원한 물을 가져다주었다.

갑자기 사방이 어두워졌다. 위를 올려다보니 시커먼 먹구름이 하늘을 가리고 있었다. 천둥소리가 거대한 맷돌을 가는 소리처럼 들렸다. 삼촌이 운전석 뒤에서 재빨리 일회용 비옷을 꺼내 나눠 주었다.

"빨리 입어. 이렇게!"

소매는 걷고 허리는 묶었다. 몸통만 비를 맞지 않게 가린 셈이었다. 비옷 입는 걸 기다렸다는 듯 빗방울이 떨어졌다.

툭! 투둑! 두두두두둑!

비옷에 굵은 빗방울이 떨어질 때마다 소리가 났다. 어디선가 먼지 냄새가 났다. 길 위에 빗물이 흘렀다.

"후미등 켜고 출발!"

빗줄기 속에서 빨간 후미등들이 깜빡거렸다. 삼촌이 비상깜빡이를 켜고 트럭 위에 다시 경광등을 붙였다. 우리는 비를 뚫고 달리기 시작했다. 헬멧을 써서 빗물이 눈으로 들어오지는 않았다. 비옷을 입은 몸통에선 땀이 흘렀지만 팔다리는 시원했다. 마음도 시원했다. 우리는 비가 식혀 준 길을 달렸다. '범어사'라고 써진 이정표가 보였다.

비를 맞으니까 체력이 뚝뚝 떨어졌다. 오늘 캠프는 가장자리에 지붕이 있는 야외 주차장이었다. 주차장은 텅텅 비어 있었다. 지붕 밑 마른 땅을 골라 텐트를 치는데 주차장 관리 할아버지가 어슬렁어슬렁 다가와 텐트를 걷으라고 야단을 쳤다. 삼촌이 한쪽 구석으로 할아버지를 데리고 갔다. 무슨 요술을 부렸는지 할아버지가 곧 웃는 얼굴로 돌아와 이런저런 참견을 하고 밥도 같이 먹었다.

공중화장실에서 샤워를 했다. 비 오는 밤 공중화장실에 우리 말고는 올 사람이 없겠지만 마음이 불안해서 후다닥 물 한번 뿌리고 수건으로 닦았다. 마르지 않을 게 뻔해도 다들 빨래를 했다. 어차피 자전거를 타면 땀에 젖을 옷이고 비누칠이라도 해야 내일 냄새가 덜 난다.

비가 밤새도록 내렸다. 바람도 거세게 불었다. 텐트 안은 축축하고 추웠다. 다들 말이 없었다.

자다 깨다 하다가 새벽이 되었다. 아침에도 비가 그치지 않았다. 주룩주룩 줄기차게 내렸다. 오늘은 자전거를 타고 싶지 않았다. 8월인데도 따뜻한 방이 그리웠다. 만석이 형이 웃으며 말했다.

"춥죠? 대구에 가면 이 날씨가 그리울 겁니다."

아무도 웃지 않았다. 우리는 다시 비옷을 입고 빗속을 달리기 시작했다. 자전거를 타면 열이 나서 그나마 괜찮았다. 문제는 쉬는 시간이었다. 햇볕이 있을 때 그늘을 찾았듯이 빗속에서는 지붕을 찾았다. 누나들은 덜덜 떨며 서로를 껴안았다.

"이 정도가 뭐가 춥다고 그래?"

팔을 휘휘 돌리며 큰소리를 치는 동혁이 형 입술이 파랗게 질려 있었다. 자세히 보니 다리도 떨었다.

점심시간이 되었다. 우리는 삼촌이 기다리는 정자 옆에 자전거를 세웠다. 점심은 뜨거운 콩나물국과 비빔밥이었다. 삼촌은 커다란 플라스틱 통 가득 비빔밥을 만들었다. 떡볶이처럼 새빨간 비빔밥이었다.

"이렇게 먹어야 열이 나지!"

고추장비빔밥을 먹으니까 삼촌 말대로 속에서 불이 났다. 콩나물국으로도 끌 수 없는 불이었다. 숨을 내쉬면 입에서 불이 나갈 것 같았다.

웅크리고 앉아서 밥을 먹는데 우산을 받쳐 들고 지나가던 할머니가 멈춰 섰다.

"껄뱅이도 아니고 추운 데서 와 그라고 있노. 다 따라온나, 우리 집 가자."

절반밖에 못 알아들었지만 따뜻한 말이었다. 은영이 누나가 훌쩍거렸다. 할머니 목소리만 들었을 뿐인데 나도 눈물이 나려고 했다. 정말 할머니를 따라가고 싶었다. 할머니는 우리가 꼼짝하지 않자 혀를 차며 빗속으로 걸어갔다.

멀어지는 할머니의 검정 우산을 보고 있는데 삼촌이 큰 소리로 말했다.

"분위기 좀 바꿔야겠군. 이쯤에서 마법의 주문을 외워 볼까!"

다들 식판에서 고개를 들지 않았다. 나만 삼촌을 노려보았다. 농담으로 해결할 수 있는 게 있고 없는 게 있다. 춥고 피곤하고 처량한 열두 명을 말 한마디로 어째 보겠다고?

삼촌이 숟가락으로 남은 비빔밥을 긁어모으며 툭 던지듯 말했다.

"오늘 저녁은 삼겹살."

잠시 조용했다가 환성이 터져 나왔다. 박수를 치기도 하고 주먹을 불끈 쥐는 사람도 있었다. 희정이 누나 눈에 눈물이 글썽거렸다. 웨인과 리나가 어리둥절한 눈으로 우리를 바라보았다. 나는 침을 한 모금 꿀꺽 삼켰다. 지글지글 기름이 흐르는 삼겹살, 쌈장을 올린 노릇노릇 뜨거운 삼겹살이 입안에서 톡톡 터지는 마늘과 만나면 상추로도 덮을 수 없을 만큼 혀를 춤추게 한다. 생각만으로도 힘이 났다.

울산을 향해 달리면서 속도가 느려질 때마다 만석이 형이 소리를 질렀다.

"삼겹살이 기다린다!"

"삼겹살! 삼겹살! 삼겹살!"

우리는 입을 모아 외치며 페달을 굴렀다. 길옆 이정표에 나오는 거리가 점점 줄어들었다. 삼겹살 25킬로미터, 삼겹살 18킬로미터, 삼겹살 13킬로미터. 우리 머릿속에서 울산은 사라졌다. 우리는 삼겹살 광역시를 향해 달렸다.

어느새 비가 그쳤다. 구멍 난 구름 사이로 햇살이 비쳤다. 멀리 울산 월드컵경기장이 보였다. 삼겹살을 굽는 거대한 불판 같았다.

5. 불지옥과 물 천국

삼겹살은 세계 공통 음식이었다. 동혁이 형이 웨인과 리나한테 상추쌈 싸는 법을 가르쳐 주었다. 두 사람은 젓가락으로 열심히 삼겹살을 찍어 올렸다. 처음 먹어 본다는 생마늘도 빠뜨리지 않았다. 나는 말을 하지 않고 먹는 데만 집중했다.

가뭄으로 쩍쩍 갈라진 땅에 물이 스며드는 것처럼 온몸에 에너지가 채워지는 느낌이 들었다. 한잠 자고 일어나면 서울까지 단숨에 달려갈 수 있을 것 같았다. 여럿이 삼겹살을 먹다 보니까 집 생각이 났다. 우리 식구가 함께 삼겹살을 먹어 본 게 언제인지 기억이 나지 않았다. 삼겹살뿐이 아니다. 셋이 함께 밥을 먹어 본 기억도 희미했다. 만난 지 며칠 안 된 사람들

끼리도 이만큼 행복하게 같이 삼겹살을 먹을 수 있는데 우리 식구는 왜 그러지 못했을까? 사이가 안 좋아서 함께 삼겹살을 안 먹은 건지, 삼겹살을 안 먹어서 그렇게 된 건지 알 수가 없었다.

고기가 모자라 삼촌이 가까운 정육점으로 뛰어갔다. 다들 배가 거북이 등처럼 볼록 나왔다.

"더는 못 먹겠다."

문안이 형이 젓가락을 내려놓았다. 더 먹을 고기도 없었다. 나는 농구공처럼 부른 배를 안고 설거지를 하고 빨래를 했다. 꼭 쥐어짠 빨래를 탈탈 털어 빨랫줄에 널고 나니까 할 일이 없었다. 상추 씻고 마늘 양파 썰고 쌈장에 불판 준비하느라 수고한 삼촌 대신 만석이 형이 내일 먹을거리를 사러 시장에 갔다.

나는 텐트 앞에 앉아서 구름이 흘러가는 하늘을 봤다. 배부르고 편하니까 세상에 부러울 게 없었다. 며칠 전만 해도 세상 걱정이 다 나한테 몰려온 것만 같았는데 지금은 그게 딴 세상 이야기 같다. 삼촌이 결혼도 취직도 안 하고 왜 이렇게 사는지 조금은 알 것 같았다.

"삼촌."

"응?"

"1년에 자전거 순례 몇 번이나 해?"

"봄에 두 번, 여름에 두 번, 가을에 두 번."

"겨울은 놀아?"

"겨울엔 하는 일이 있어."

"그게 뭔데?"

"나중에 알려 줄게."

한 해에 여섯 번 일하고 나머지는 논다. 자전거 여행 가이드가 그만큼 돈을 많이 벌 수 있는 직업인가?

"삼촌, 이런 거 하면 돈 많이 벌어?"

"아니."

"그럼 왜 해?"

"하고 싶어서."

"사람은 하고 싶은 것만 하고 살 수 없잖아."

엄마가 나한테 하던 말이다. 축구 교실에 보내 달라고 했을 때, 강아지를 키우고 싶다고 했을 때, 학원 여름방학 특강을 듣는 대신 춘천 할머니 집에 가고 싶다고 했을 때.

삼촌이 코웃음을 쳤다.

"누가 그래?"

"엄마가."

삼촌이 뭐라고 하려다가 입을 다물었다. 삼촌 대신 대답하겠다는 듯 휴대전화가 울렸다. 삼촌이 휴대전화를 내게 내밀었다. '형수님'이라고 쓰여 있었다.

"여보세요."

"호진아. 엄마야."

"나 집에 안 간다니까!"

"삼촌 좀 바꿔 봐."

"왜?"

"빨리 바꿔."

휴대전화를 건네받은 삼촌 얼굴이 딱딱하게 굳었다. 대답할 틈도 주지 않고 떠들어 대는 엄마 목소리가 울려 퍼졌다. 삼촌이 휴대전화를 다시 나한테 내밀며 말했다.

"나 바꿔 주지 마. 네가 해결해."

전화받는 사람이 바뀐 줄도 모르고 엄마는 계속 떠들어 댔다.

"지금 호진이가 얼마나 예민한 때인지 잘 알면서 이러면 안 되죠. 지금 엇나가면 평생 고생하는데, 그런 애를 덥석 받아서 데리고 다니면 어떡해요? 혹시 일부러 호진이를 불러낸 거 아닌가요? 대답이 없으면 그렇다고 생각할 수밖에 없어요. 어쨌든 호진이 빨리 돌려보내요. 삼촌이라면 적어도 조카가 나쁜 길로 빠지는 걸 보고만 있으면 안 되죠. 도둑도 자기 자식이 도둑질하는 건 못 보는 법이에요. 알겠어요?"

"삼촌한테 뭐라고 하지 마."

"호진이니? 삼촌 바꾸라니까?"

"앞으로 전화하지 마. 자꾸 전화하면 삼촌도 모르는 데로 도망가 버릴 거야."

엄마가 말하고 있는데 전화를 끊었다. 엄마가 다시 전화할까 싶어 휴대전화 전원을 아예 꺼 버리고 삼촌 바지 주머니에 넣었다. 삼촌과 나는 아무 말도 하지 않았다.

나는 자리에서 일어나 트럭으로 갔다. 문을 열고 운전석에 앉았다. 삼촌처럼 운전대를 잡아 보았다. 운전대 밑에 트럭 열쇠가 꽂혀 있었다. 왈칵, 열쇠를 돌려 시동을 걸고 싶었다. 운전을 할 줄 안다면 트럭을 몰고 가 버리고 싶었다. 하지만 갈 곳이 없다. 내가 아는 곳은 집과 학교와 학원 몇 군데뿐이라 생각한 순간 머릿속에 반짝 불이 들어왔다. 아니다! 나는 지나온 길을 돌이켜 보았다. 며칠 사이에 부산, 창원, 진주, 구례, 광주를 달렸다. 그리고 지금은 울산에 있다. 이름만 들어 봤던 곳들에서 먹고 자고 자전거로 달렸다. 내일도 새로운 곳에 간다. 끝은 동해 바다다.

동해 바다에 간다고 생각하니까 기분이 나아졌다. 동해에 가서 해가 뜨는 걸 보고 싶었다. 바다 위에 해가 뜨는 걸 본다고 뭐가 달라지진 않을 거다. 해는 날마다 뜨는 거니까. 엄마나 아빠는 나에게 그저 돌아오라고만 하겠지. 뛰쳐나온 자리에 날 다시 데려다 놓으려 하겠지. 그래야 마음 놓고 이혼할 수 있을 테니까.

그래도 동해 바다에 가고 싶었다. 가고 싶은 곳에 가는 동안은, 가려고 하는 곳에 다다르기 전까지는 할 일이 있다. 꼼짝하지 않고 고민만 하는 건 고통이다. 빨리 아침이 오면 좋겠다. 자전거를 타는 동안에는 아무 생각도 나지 않는다.

햇살이 비치자마자 날씨가 더워졌다. 삼촌이 아침부터 식염 포도당을 돌렸다. 몸풀기가 끝나자 만석이 형이 말했다.

"오늘은 대구로 갑니다. 거리 120킬로미터, 중간에 가지산을 넘어야 됩니다. 가지산 길 가파릅니다. 지금까지 넘은 고갯길은 아무것도 아닙니다. 죽었다 생각하고 열심히 밟으세요. 자전거에서 최대한 오래 버티세요. 한번 내리면 다시 오르기 힘듭니다. 여러분의 인내력이 얼마나 강한지 오늘 알 수 있을 겁니다."

다들 말이 없었다. 동혁이 형이 신음 소리 내듯 말했다.

"이러려고 삼겹살을 먹였구나."

삼겹살에서 얻은 힘은 어디로 갔는지 출발한 지 한 시간도 안 됐는데 피곤했다. 기온이 빠르게 올라갔다. 벌써부터 도로 위가 이글거렸다.

우리는 열심히 페달을 밟았다. 도시에서는 몰랐는데 차 없는 시골길을 달리니까 자전거 대열이 보기 좋았다. 자전거 간격도 일정했고 뒤처지는 사람도 없었다. 뒤처지기 전문인 은영이 누나와 희정이 누나, 영우 아저씨도 눈을 부릅뜨고 페달을 밟았다. 가끔 만석이 형이 뒤를 돌아보며 외쳤다.

"자전거 파이팅!"

"파이팅!"

"가지산 덤벼라!"

"덤벼라!"

"우리는 달린다!"

"달린다!"

우리는 목이 터져라 한목소리로 외쳤다. 소리를 지르면 속이 시원했다. 힘이 났다. 싸워야겠다는 의지가 솟았다.

앞만 보고 열심히 달리는데 만석이 형이 대열을 세웠다. 형이 위를 가리키며 말했다.

"숨 쉬기에 불편하니까 다들 얼굴 가린 거 벗어요. 우린 저걸 넘는 겁니다."

나는 숨을 몰아쉬며 고개를 들었다. 눈앞에 산이 있다. 벽처럼 우뚝 선 높은 산이다. 돌아갈 길은 보이지 않았다. 산 능선을 향해 천천히 올라가는 차들이 조그맣게 보였다.

"죽었다……."

상옥이 아저씨가 중얼거렸다. 우리 모두 똑같은 마음이었다. 삼촌이 아이스박스에서 꺼낸 시원한 물병을 내밀었다. 조그만 얼음도 등에 한 덩이씩 넣어 주었다. 온몸이 찌릿했다. 삼촌이 손을 내밀며 말했다.

"여기만 넘으면 대구 다 온 거야. 한번 싸워 보자!"

지은이 누나가 삼촌 손 위에 자기 손을 포갰다. 배병진 아저씨가 손을 더했다. 우리는 모두 손을 모았다. 사람들이 꽃잎처럼 둥글게 모였다. 삼촌이 구호를 외쳤다.

"하나, 둘, 셋, 싸우자!"

"싸우자!"

나는 주먹을 불끈 쥐었다. 덤빌 테면 덤벼라! 가지산도, 집도, 학원도, 엄마 아빠도!

"출발!"

자전거 대열이 출발했다. 처음에는 길이 그다지 가파르지 않았다. 오를 만한 길이 계속되었다. 만석이 형은 조금 느리다 싶은 정도로 속도를 낮췄다. 경사 길을 올라가면서도 우리는 대열을 흐트러뜨리지 않았다.

한참을 올라가자 첫 번째 굽이가 나왔다. 굽이를 돌자 길이 더 가팔라졌다. 벌써 숨이 가빴다. 땀방울이 뚝뚝 떨어졌다.

땀 때문에 눈이 따가웠다. 나는 눈을 깜빡여 땀을 짜냈다.

두 번째 굽이를 돌자 만석이 형이 소리를 질렀다.

“여기서부터는 각자 올라간다!”

대열이 흐트러졌다. 배병진 아저씨가 맨 앞으로 치고 나갔다. 언제나 1등은 말없이 로봇처럼 페달을 밟는 배병진 아저씨다. 두 번째는 지은이 누나였다. 나머지 사람들도 자기 속도대로 천천히 비탈길을 올라갔다.

만석이 형과 문안이 형은 아래로 내려와 뒤처지는 사람들 옆을 지켰다. 나는 숫자를 세며 페달을 밟았다. 산이 높으니까 2,000까지는 세어야겠다고 생각했는데 수가 너무 컸다. 세다가 까먹으면 안 되니까 200씩 열 번으로 나눠 세기로 했다.

앞쪽 기어는 가장 낮게, 뒤쪽 기어를 가장 높게 바꿨다. 페달을 한 번 구를 때마다 자전거 바퀴가 한 번 돌았다. 자전거

핸들에 붙어 있는 속도계를 보니까 시속 3.5킬로미터였다. 걷는 속도보다 느려서 핸들이 자꾸 흔들렸다. 생각 없이 가다 보면 자전거가 길 위에서 춤을 췄다. 삼촌이 확성기로 소리쳤다.

"정신 똑바로 차려. 비틀거리면 사고 난다!"

대답이라도 하듯 트럭 한 대가 빵 하고 경적을 울리며 지나갔다. 트럭 엔진 돌아가는 소리도 숨넘어가게 높았다. 트럭이 배기가스를 잔뜩 뿜어내서 기침이 나왔다. 비틀거리지 않으려면 속도를 높여야 되는데 다리에 힘이 들어가지 않았다. 둥둥둥둥, 내 심장 뛰는 소리가 들렸다. 허파도 정신없이 헐떡거렸다. 아무리 숨을 몰아쉬어도 산소가 모자란다고 난리였다. 이대로 가다가는 심장도 허파도 터져 버릴 것 같았다. 그보다 먼저 다리가 끊어질 것 같았다.

산인데도 바람이 불지 않았다. 바람이 죽어 버린 것 같았다.

공기가 뜨거워서 숨쉬기가 힘들었다. 숨을 쉴 때마다 체온이 자꾸만 높아지는 것 같았다.

"백구십구, 이백. 일, 이, 삼……."

세 번째 200이었다. 이제 일곱 번만 더 세면 된다.

그때 희정이 누나가 비명을 질렀다.

"나 내릴래!"

"더 가 봐. 이거 못 하면 다른 거 아무것도 못 해!"

만석이 형이 희정이 누나를 밀어 주었다.

"허리 숙이고 핸들을 뽑아 버려!"

나도 시키는 대로 따라 했다. 핸들을 뽑을 듯이 당기자 다리에 힘이 더 들어갔다. 내가 희정이 누나를 앞질렀다. 내 앞에는 은영이 누나가 있었다. 문안이 형이 은영이 누나 옆에 있었다.

"500미터만 더 가자. 이 악물고 굴러!"

문안이 형이 500미터라고 하는 걸 보니 한참 남았다. 옆을 지나치며 곁눈질해 보니 은영이 누나가 울고 있었다. 눈물을 뚝뚝 흘리면서 페달을 굴렀다. 얼굴이 땀범벅, 눈물범벅이었다. 나도 문안이 형처럼 은영이 누나를 돕고 싶지만 마음뿐이었다. 지금은 내 자전거가 1미터 가는 것도 힘들었다.

오르막길은 미치게 길었다. 오를수록 경사도 심해졌다. 자동차들도 엔진 소리 시끄럽게 천천히 올라갔다. 중간쯤 올라왔을까? 리나가 길옆 책상만 한 나무 그늘에 앉아 쉬고 있었다. 리나가 자기 옆 땅바닥을 손으로 두드렸다. 나도 모르게 자전거가 그쪽으로 향했다. 자전거를 땅에 눕히고 나도 땅바닥에 누워 버렸다. 허리 위밖에 들어가지 못하지만 고마운 그늘이었다. 숨을 몰아쉬는데 차가운 물이 가슴에 쪼르륵 쏟아졌다. 정신이 번쩍 들었다. 리나가 물을 조금씩 붓고 있었다. 나는 큰 소리로 외쳤다.

"아이 러브 유(I love you)!"

리나가 웃었다. 쉴 만큼 쉰 리나가 자전거를 타고 출발했다.

은영이 누나와 희정이 누나가 비틀거리며 올라왔다.

"누나, 여기!"

은영이 누나가 자전거를 탄 채로 그늘에 쓰러졌다. 희정이 누나도 자전거를 던지듯 팽개치고 그늘로 들어왔다. 나는 머리만 그늘에 두고 나머지 그늘을 양보했다. 리나가 했던 것처럼 은영이 누나 머리 위에 물을 조금씩 부어 주었다.

"물 아껴!"

뒤따라온 만석이 형이 외쳤다. 하지만 이것 말고는 은영이 누나를 도와줄 방법이 없었다. 은영이 누나와 희정이 누나는 눈을 뜨지 않았다. 머리 위쪽에서 고함이 들렸다. 고개를 들어 보니 영우 아저씨가 굽이를 돌아 우리 머리 윗길을 지나며 소리를 질러 대고 있었다.

"덤벼! 다 덤벼! 야아아!"

다들 싸우고 있었다. 나도 싸우는 중이다. 처음에는 싸움 상대가 가지산인 줄 알았다. 하지만 높이 오를수록 알 수 있었다. 산은 그냥 가만히 있을 뿐이다. 나와 싸우는 거다. 내 속에 있는 나, 포기하고 싶은 나와 싸우는 거다. 몸이 편하려면 집에 있어야 했다. 하지만 나는 집을 떠났고, 온 힘을 다해 산을 오르고 있다. 이 산을 넘으면 대구가 나온다. 어떤 곳인지, 무엇이 나를 기다리는지 모르지만 산을 넘으면 알 수 있다.

아래를 보면 지금까지 올라온 길이 보인다. 위를 보면 올라가야 하는 길이 보인다. 나는 벌떡 일어나 자전거를 탔다. 올라갈수록 올라가야 하는 길이 짧아졌다. 나는 이를 악물고 페달을 밟았다. 너무 힘이 들면, 심장이 터져 버리기 직전에 자전거를 세우고 쉬었다. 아래를 내려다보면 자전거를 끌고 걸어오는 희정이 누나와 은영이 누나가 보였다. 나는 다시 자전거에 올라탔다. 안개 낀 것처럼 뿌연 발밑으로 작은 산들이 보였다. 어느새 저 산들보다 높이 올라왔다. 자전거로 산을 넘을 수 있다는 게 신기했다.

"다 왔어. 여기가 끝이야!"

위에서 사람들 목소리와 박수 소리가 들렸다. 나는 고개를 들지 않고 도로 옆 흰 선만 보았다. 땀이 선 위에 뚝뚝 떨어졌다. 먼저 간 사람들 땀도 떨어졌을 선이다. 손뼉 치는 소리가 점점 가까워졌다.

시간이 마법을 부렸다. 10분 전만 해도 죽을 것 같았는데 지금은 천국에 와 있었다. 앞도 뒤도 내리막길이다. 우리는 산마루에서 한참을 쉬었다. 삼촌이 아이스박스에서 시원한 복숭아를 꺼내 하나씩 돌렸다. 딱딱하고 차갑고 달콤했다.

희정이 누나가 복숭아를 먹으며 투덜거렸다.

"왜 이렇게 맛있는 거야. 이러니 살이 빠져? 누가 자전거 타면 살 빠진댔어?"

"안 먹을 거면 나 줘."

동혁이 형이 손을 내밀었다. 희정이 누나가 반쯤 남은 복숭아를 등 뒤로 숨겼다.

나는 복숭아씨를 알뜰하게 갉아 먹고 풀 속에 던졌다. 10년쯤 뒤에 와 보면 복숭아나무가 자라 있을까?

힘들게 올라왔는데 금방 내려가려니까 아쉬웠다. 만석이 형이 호루라기를 만지작거리며 긴장한 얼굴로 말했다.

"내리막길에서 과속하지 마세요. 앞에서 속도를 조절할 테니까 추월하지 말고, 안전거리는 10미터 정도 벌립니다. 급브레이크도 안 됩니다."

문안이 형이 먼저 출발했다. 문안이 형이 부는 호루라기 소리가 점점 멀어졌다. 50미터 정도 거리를 두고 우리도 출발했다. 가장 앞에 선 만석이 형도 굽이를 돌 때마다 호루라기를 불었다. 처음엔 천천히 내려가다가 금방 속도가 붙었다. 탄력 받은 자전거는 가만히 있어도 점점 빨라졌다. 핸들에서 손을 떼고 날개처럼 팔을 벌리면 온몸이 둥실 떠오를 것 같았다. 귓가를 스치는 바람 소리가 시끄러웠다.

속도가 높아지자 타이어가 벌떼처럼 웅웅 소리를 냈다. 속도계를 흘낏 보았다. 40, 43, 47, 50……. 수가 점점 올라갔다. 살짝살짝 브레이크를 잡지 않으면 끝도 없이 올라갈 것 같았다. 바람 때문에 눈물이 찔끔찔끔 나왔다. 그래도 멈출 수 없었다. 굽잇길을 돌 때는 맨 앞에 선 만석이 형이 더 시끄럽게 호루라기를 불었다. 맞은편 차선에서 차를 운전하고 오는 사람들이 번개같이 내려가는 우리를 보고 깜짝 놀랐다.

내리막길도 한참을 내려오니 팔이 아팠다. 우리는 흥분한 들소 떼처럼 달리고 또 달렸다. 속도계에 나타나는 거리가 눈돌릴 때마다 바뀌었다. 내리막길로만 8킬로미터를 달렸다. 내리막길이 끝났지만 탄력을 받은 우리는 힘껏 페달을 밟아 달리고 또 달렸다. 이참에 아예 대구까지 가 버릴 수 있을 것 같았다.

저만치 앞에 다리가 보였다. 문안이 형이 다리 난간에 앉아서 우리를 기다리고 있었다. 다리 옆 샛길로 들어서자 식당이 나왔다. 나무 그늘 아래 시원한 대나무 평상들이 있었다. 우리는 자전거를 세우고 대나무 평상에 드러누웠다. 삼촌이 말했다.

"일어나. 일찍 와서 20분 정도 시간이 남았어."

등이 평상에 붙어 버렸다. 딱딱한 대나무가 이렇게 시원하고 편안한 줄 몰랐다. 삼촌이 재촉하자 다들 웅성거리며 저항을 했다. 삼촌이 소리를 질렀다.

"물놀이 안 할 거야?"

모두 벌떡 일어났다. 우리는 최면에 걸린 사람들처럼 삼촌을 따라갔다. 식당 울타리를 지나 스무 발짝쯤 걸어 올라가자 물이 보였다. 바닥의 잔돌이 보일 만큼 맑고 깊고 넓은 계곡이었다. 나는 물을 향해 달렸다. 큼직한 바위를 딛고 껑충 뛰어올랐다. 햇빛에 비친 수면이 눈부시게 반짝였다.

우리는 미친 듯이 물놀이를 했다. 수영도 하고 잠수도 하고 서로 물 먹이기도 했다. 천국이 따로 없었다. 언제 힘들었느냐는 듯 다들 힘차게 놀았다. 옷도 신발도 흠뻑 젖었지만 걱정할 게 없었다. 자전거를 타면 금방 마를 테니까.

삼촌이 밥 먹으라며 우리를 불렀다. 계곡을 떠나려니 아쉬웠지만 밥이 더 좋았다. 김치찌개에 공깃밥을 먹었다. 형들은 세 공기, 누나들은 두 공기씩 먹었다. 반찬도 싹싹 긁어 먹었다. 주인아주머니를 고생시키는 건 나쁜 짓이라며 동혁이 형과 은영이 누나가 쟁반을 들고 주방에 가서 반찬을 퍼 날랐다.

밥을 먹고 30분쯤 쉬다가 출발했다.

"고맙습니다. 내년에 또 올게요."

인사를 받는 주인아주머니 웃음이 씁쓸해 보였다. 삼촌이 밥값을 1,000원씩 깎아 달래서 그런 것 같았다.

식당을 떠나자 곧바로 더운 기운이 몰려들었다. 도로에서도 열기가 이글이글 올라왔다. 프라이팬에 누워 있는 물고기 기분을 알 것 같았다. 다행히 오르막길은 더 나오지 않았다. 날씨가 안개 낀 것처럼 흐리멍덩했고 목욕탕처럼 푹푹 쪘다. 쉴 때마다 물을 마셨는데 한도 끝도 없이 들어갔다. 덕분에 삼촌이 물을 나르느라 바빴다. 시원한 물은 금세 동이 났다. 미지근한 물은 마셔도 마신 것 같지 않았다. 만석이 형이 주의를 줬다.

"조금씩 자주 마셔. 물 마시고 체하면 고생한다."

그렇게 물을 마셨는데도 오줌이 마렵지 않았다. 물이 몸에 들어가자마자 땀으로 나와 버렸다. 열심히 달리고 잠깐씩 쉬어 가며 우리는 대구를 향해 달렸다. 대구에 가면 깜짝 놀랄 일이 있다며 삼촌이 우리를 궁금하게 했다.

'데굴대구 찜질방' 앞에서 오늘 일정이 끝났다. 어디를 봐도 텐트 칠 곳이 없는 번화가였다. 반바지에 민소매, 미니스커트를 입은 사람들이 지나가며 우리를 바라봤다. 새까맣고 냄새나고 지저분한 우리가 신기한 모양이었다. 말짱한 사람들을 보니 우리도 신기했다. 구경하면서 구경당하고 있을 때 삼촌이 나타났다.

"오늘은 여기서 잔다. 지하 주차장으로 자전거 옮겨."

"이 더위에 찜질방?"

동혁이 형이 토하는 시늉을 했다. 삼촌이 피식 웃으며 말했다.

"너, 얼음 방이라고 들어 봤냐?"

"아니요."

"이 안에 고드름이 주렁주렁 매달린 얼음 동굴이 있다."

사람들 입이 벌어졌다. 하루 종일 새까맣게 구워져 뜨끈뜨

끈한 몸으로 당장 고드름을 껴안고 싶었다. 우리는 재빨리 자전거를 옮기고 짐을 챙겨 찜질방 안으로 들어갔다. 샤워를 하고 찜질방 옷으로 갈아입었다. 지은이 누나랑 은영이 누나가 수건을 양 머리 모양으로 만들어 쓰고 나타났다. 나도 양 머리를 만들어 봤는데 잘 되지 않았다.

"내가 해 줄게."

은영이 누나가 양 머리를 만들어 주었다. 동혁이 형도 양 머리를 하고 싶다고 했다. 하나둘 남자들이 모여들더니 은영이 누나 앞에 줄을 섰고 결국 모두 양 머리를 하게 되었다. 얼굴 까맣고 털 하얀 양 목장에 온 것 같았다. 삼촌이 어디선가 큰

수건을 구해 오더니 초대형 양 머리를 했다.

“저녁 먹으러 가자. 미리 얘기했으니까 찜질방 옷 입고 나가도 돼.”

우리는 양 머리 수건을 쓰고 찜질방 옷을 입은 채 거리로 나섰다. 초대형 양머리를 한 삼촌이 앞장을 섰다. 우리는 대장 양을 따르는 착한 새끼 양들처럼 줄줄이 삼촌 뒤를 따라갔다. 혼자라면 생각도 못 했겠지만 뭉치니까 두려운 게 없었다. 사람들이 우리를 바라봤다. 멋지고 예쁘게 차려입은 사람이 많았지만 등에 ‘데굴대구 찜질방’이라고 써진 옷을 입은 우리가 가장 돋보였다. 사람들이 사진을 찍어도 되냐고 물었다.

저녁은 갈비탕이었다. 뼈까지 쪽쪽 빨아 먹었다. 빈 밥공기가 밥상 위에 수북하게 쌓였다. 밥을 다 먹고 사장님이 가져다준 마른 누룽지도 먹었다. 우리는 길거리에 줄지어 앉아 아이스크림을 먹으며 사람들을 구경했다.

늦지 않게 찜질방으로 돌아왔다. 늦어도 열한 시까지는 잠을 자기로 했고 그전까지는 자유 시간이었다. 상옥이 아저씨와 나처럼 누워서 뒹굴대는 사람도 있었고 휴대전화로 게임을 하는 사람도 있었다. 삼촌과 만석이 형은 자전거를 정비하러 주차장에 내려갔다. 누나들은 노래방에 들어가서 나오지 않았다. 영우 아저씨가 매점에서 구운 달걀과 식혜를 사 왔다.

저녁을 실컷 먹었는데도 또 들어갔다. 달걀을 네 개나 먹은 영우 아저씨가 뒤로 벌렁 드러누우며 말했다.

"한 달만 더 달리고 싶네요."

상옥이 아저씨가 웃으며 물었다.

"휴가가 그렇게 길어요?"

"휴가라면 얼마나 좋을까요."

영우 아저씨가 피식 웃었다.

"불쌍한 우리 아내는 내가 이러고 있는지도 몰라요. 일자리 찾아본다고 하고 나왔으니까."

"그럼?"

상옥이 아저씨 얼굴에서 웃음이 사라졌다. 영우 아저씨가 입맛을 다셨다.

"지난달에 잘렸어요."

"미안하게 됐습니다. 그것도 모르고."

"괜찮아요. 이제 익숙해졌어요."

영우 아저씨가 식혜를 쭉 들이켜더니 컵을 탁 내려놓았다. 꼭 술을 마시는 것 같았다. 영우 아저씨가 팔로 입을 닦으며 말했다.

"이렇게 고생할 줄 모르고 왔는데 정말 잘 온 것 같아요. 오만가지 생각 때문에 힘들었는데, 술 대신 자전거가 답이 될 줄은 몰랐어요."

"그래도 이런 날은 맥주 한 잔 생각나는데요."

상옥이 아저씨 말에 영우 아저씨가 웃었다. 허전해 보이는 웃음이었다.

"나, 술 때문에 인생 절반쯤 망친 놈이에요. 나머지 절반 망가지기 전에 끊어 보려고 노력하는 중입니다."

영우 아저씨가 한숨을 쉬었고 상옥이 아저씨는 머뭇거리다가 자리를 옮겼다. 영우 아저씨가 내 머리를 쓰다듬으며 말했다.

"넌 술 먹지 마라. 술은 도박이랑 똑같아. 조금씩 할 때는 재미있는데 푹 빠지면 나오질 못해. 인생 접을 때까지."

"아저씨는 빠져나왔잖아요?"

영우 아저씨가 고개를 갸웃했다.

"몸부림치는 중이지. 이제야 알 것 같아. 술이 고민을 다 해결해 주는 것 같았는데, 그 고민이 다 술 때문에 생긴 거였어. 이제 술 대신 자전거 타련다."

영우 아저씨가 식혜를 더 사러 갔다. 벌써 많이 마신 것 같은데 좀 걱정이 되었다. 자전거를 타면 식혜도 술처럼 끊기 어려운가 보다. 마셔도 마셔도 더 마시고 싶었다.

나는 찜질방 안을 돌아다녔다. 우리 말고는 사람이 별로 없었다. 걸을 때마다 온몸의 근육이 쑤시고 땅겼다. 나는 침대처럼 푹신하게 매트를 네 장 깔았다. 베개를 베고 누우니 몸이 바닥으로 쑥 빠져들어 가는 것 같았다. 손가락만 움직여도 저절로 입에서 신음 소리가 나왔다. 하지만 괜찮았다. 내 몸이 얼마나 열심히 일했는지 알기 때문이다. 내 몸은 불평을 할 만했다.

"내일도 잘 부탁해."

나는 다리를 가볍게 주물렀다. 팔도 주물러 주었다. 눕자마자 잠이 왔다. 온몸이 바닷속으로 쑥 빠져드는 것 같았다. 끝없이 깊은 바다였다.

6. 모닥불, 그리고 열네 번째 참가자

이상한 일이었다. 꼭 하루살이가 된 기분이 들었다. 잠을 자고 나면 어제 일이 잘 기억나지 않았다. 오늘 하루 달릴 일만 걱정이 됐다. 내일 일은 걱정되지 않았다. 지나간 길은 금세 잊혔고 밥 먹을 때까지 얼마나 남았나만 생각했다. 날이 갈수록 온몸이 뻐근해졌다. 나만 그런 게 아니었다. 아침이면 다들 관절이 녹슨 로봇처럼 움직였다. 잘 들어 보면 삐걱삐걱 소리가 날 것 같았다.

이틀 동안 달려 안동을 지나고 단양을 지났다. 쉬는 시간에 정신이 들면 아름다운 경치가 보였지만 자전거를 타기만 하면 경치 따위는 눈에 들어오지 않았다. 지긋지긋한 언덕과 산들만 우리 앞을 가로막았다. 점점 산이 많아지고 높아졌다. 우리나라 국토의 70퍼센트가 산이라는 걸 믿을 수 없었다. 90퍼센트는 되는 것 같았다. 왜 이런 코스를 짰느냐고 사람들이 삼촌을 원망하자 삼촌이 지도를 펼쳐 보였다.

"다음 주에 제16회 순례가 시작됩니다. 서울, 천안, 익산, 김제, 광주, 목포, 제주도 찍고 완도, 순천, 진주, 부산을 달리는데, 코스 3분의 2가 여러분이 바라는 평지 길입니다. 지평선이 보이는 호남평야를 달려 보세요. 지금 신청 받습니다."

사흘 남은 것도 못 견디겠는데 또 한번 순례를 하라니! 너무 잔인했다. 한 달 더 자전거를 타고 싶다던 영우 아저씨도 한숨을 쉬었다.

원주를 향해 달리는 길에서는 다들 넋이 나갔다. 쉬는 시간이 되면 자동으로 길옆에 쓰러졌다. 길바닥이 아스팔트거나 흙이거나 상관없었다. 삼촌이 간식을 가져다줘도 다들 먹기만 할 뿐 말이 없었다. 나도 마찬가지였다. 자전거를 타는 게 꼭 꿈만 같았다. 소리치고 몸부림쳐도 깨어나지 않는 악몽이었다. 자전거를 타기 시작하면서 보통 때보다 두 배는 더 먹고 마셨지만 바닥난 체력은 쉽게 회복되지 않았다.

쥐가 나거나 넘어져서 트럭을 타는 사람이 날마다 생겼다. 혹시 꾀병이 아닐까 만석이 형이 눈을 부릅떴지만 소용없었

다. 꾀병이 아니니 그럴 수밖에 없었다. 사람만 그런 게 아니었다. 자전거들도 말썽을 부렸다. 어떤 자전거는 체인이 뚝 끊어졌다. 브레이크 선이 터지거나 페달이 빠지기도 했다. 고장 난 자전거는 트럭에 재빨리 실었다가 쉬는 시간에 고쳤다. 삼촌과 만석이 형은 쉬는 시간이 되어도 쉬지 못했다. 둘 다 자전거 고치기 선수였다. 구멍 난 타이어 때우는 건 10분도 안 걸렸다.

삼촌과 만석이 형 목소리가 점점 높아졌다.

"정신 차려! 긴장 풀면 사고 난다!"

만석이 형 목이 쉬었다. 한시도 고함치지 않고 넘어간 적이 없으니 당연했다. 마음은 계속 긴장하고 싶었지만 몸은 달랐다. 깜짝 놀라 정신 차려 보면 아무 생각 없이 페달을 밟고 있을 때가 있었다. 느낌이 좋지 않았다.

원주를 앞두고 고갯길을 올라갈 때였다. 지은이 누나가 소리를 질렀다.

"언니! 언니!"

대열을 빠져나온 희정이 누나 자전거가 조금씩 옆으로 기울었다. 뒤따르던 은영이 누나가 비명을 질렀다. 시간이 멎어 버린 것처럼 자전거가 천천히 넘어졌다. 희정이 누나는 넘어지면서도 페달을 굴렀다. 핸들도 두 손으로 꼭 쥐고 있었다.

털썩!

넘어진 자전거 뒷바퀴가 핑그르르 돌았다. 자전거 대열은 엉망이 되었다. 다들 자전거를 세우고 희정이 누나 옆으로 몰려들었다. 삼촌이 트럭에서 내려 달려왔다.

"비켜, 비켜 봐!"

삼촌은 희정이 누나의 감긴 눈꺼풀을 뒤집었다. 핏줄 선 하얀 눈자위가 징그러웠다. 삼촌이 귀를 희정이 누나 코 가까이

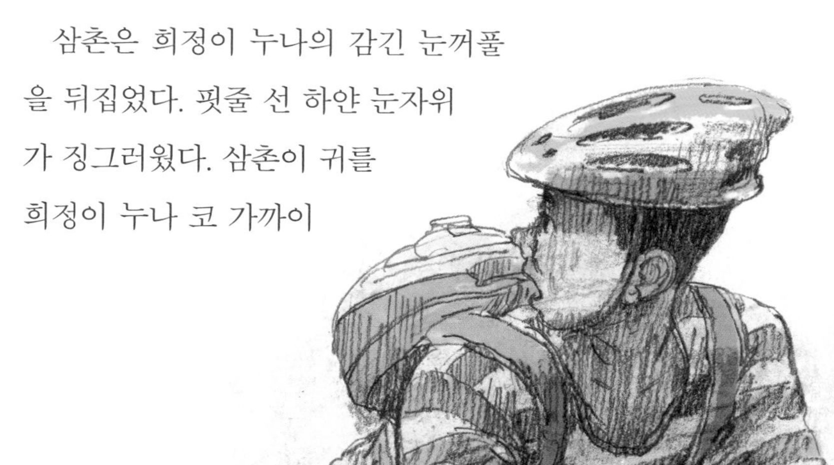

대고 숨소리를 확인하더니 고개를 끄덕였다. 누나들이 희정이 누나를 트럭에 태웠다. 희정이 누나가 힘없이 눈을 깜빡이자 삼촌이 나를 불렀다.

"호진아, 타! 만석아, 병원에서 전화할 테니까 계속 진행해!"

만석이 형과 문안이 형이 주인 잃은 자전거를 급하게 트럭에 실었다. 삼촌이 비상 깜빡이와 에어컨을 켜고 트럭을 출발시켰다. 나는 삼촌이 시키는 대로 희정이 누나 신발을 벗기고 손을 주물러 주었다. 희정이 누나는 실눈을 뜨고 숨을 거칠게 몰아쉬었다.

삼촌은 병원까지 급하게 차를 몰았다. 신호등도 우리 사정을 아는지 줄곧 파란불이 켜졌다. 희정이 누나를 응급실 침대에 눕히자 의사와 간호사가 달려왔다. 삼촌과 나는 할 수 있는 게 아무것도 없었다. 나는 복도 의자에 앉아 아무 일이 없기를 빌고 또 빌었다. 문득 만석이 형이 원망스러웠다. 만석이 형이 트럭을 자주 태워 줬으면 희정이 누나가 괜찮았을 거다. 삼촌은 아무 말도 없이 복도를 서성댈 뿐이었다.

"박희정 씨 보호자님!"

간호사가 우리를 불렀다. 희정이 누나가 우리를 보고 눈을 깜빡였다. 큰 플라스틱병에 든 수액이 똑똑 떨어져 투명한 호스를 타고 바늘 꽂힌 누나 팔로 들어갔다. 삼촌 또래 같은 의

사 아저씨가 말했다.

“순간적으로 일사병 증상이 왔습니다. 시원한 데서 안정을 취하시면 되겠네요.”

삼촌이 주먹을 불끈 쥐었다. 희정이 누나 무릎이 좀 까지긴 했지만 크게 다치지 않아 다행이었다.

희정이 누나가 담요로 얼굴을 가렸다.

“창피하게 애들처럼 넘어졌어.”

내가 희정이 누나를 위로해 줬다.

“영화처럼 멋있게 넘어졌어요.”

누나가 힘없이 웃으며 눈을 감았다. 주사를 다 맞으려면 두 시간쯤 걸린다고 했다. 그동안 병원비를 내고 자전거 팀한테 갔다 오면 될 것 같았다. 트럭이 없으면 간식도 없고 물도 없으니 자전거 팀이 힘들다. 빨리 돌아가야 했다.

삼촌이 말했다.

“트럭에 가서 내 가방 좀 가져와라.”

“열쇠 줘.”

삼촌이 주머니를 뒤적이다가 머리를 긁적였다. 정신이 없어서 차에 꽂아 둔 채 내린 모양이었다.

병원 문을 여니까 기다렸다는 듯 햇빛이 쏟아졌다. 갑자기 세상이 캄캄해졌다. 눈앞이 빙글빙글 도는 것 같았다.

나는 천천히 주차장으로 걸어갔다. 햇볕을 받은 차들이 잔뜩 달궈져 있었다. 옆을 지나기만 해도 뜨끈뜨끈한 기운이 전해졌다. 그런데 우리 차가 없었다. 분명히 차를 세운 자리가 맞는데 다른 차가 주차돼 있었다. 혹시나 해서 주차장을 다 돌아봤지만 빨간 트럭은 없었다.

내 말을 듣고 삼촌이 주차장으로 달려 나갔다. 그새 차가 돌아와 있을 리 없었다. 우리는 가까운 경찰 지구대로 달려갔다. 경찰 아저씨가 삼촌이랑 병원 주차장을 다녀오더니 말했다.

"우선 차량 번호, 종류, 특징을 알려 주세요. 경찰서에 보고해 수배하도록 하겠습니다."

"바로 찾을 수 있을까요?"

"그건 확실하게 대답하기가 곤란한데요. 톨게이트를 지나가면 차량 조회를 하니까 빨리 잡겠지만, 그러지 않으면 길어질 수도 있어요."

삼촌은 지구대를 나와 만석이 형한테 전화를 걸었다.

"희정 씨는 괜찮아. 그런데 이건 너만 알고 있어라. 우리 차 도둑맞았어. 신고는 했는데 어떨지 모르겠어. 우선 카페에 긴급 상황 공지 올릴게. 저녁까지 못 찾으면 본부에 구조 요청을 할 테니까 너무 걱정하지 마. 우선 네 돈으로 음료수하고 간식 해결해. 알았지?"

트럭이 없으면 먹지도 자지도 못한다. 어떻게 해야 될지 답답하기만 했다.

삼촌이 내 등을 툭 쳤다.

"편의점 가자."

"왜?"

"할 일이 있어."

삼촌은 편의점 의자에 앉자마자 휴대전화로 인터넷 카페를 몇 개 찾았다. '자전거로 출퇴근하는 사람들' '여행하는 자전거 친구' '자전거로 지구를 살리는 사람들' '여우들이 타는 자전거' '하늘 자전거' 등 모두 자전거 카페였다.

삼촌은 카페마다 긴급 안내를 띄웠다.

안녕하세요. '여행하는 자전거 친구, 여자친구' 카페지기 신석기입니다. 비상사태입니다. '여자친구'의 캠핑카를 원주 미리내 병원 주차장에서 도둑맞았습니다. 지금 저희는 제15회 자전거 순례 중입니다. 앞으로 홍천, 속초, 통일전망대까지 사흘 남았습니다. 원주 부근에 사는 자전거 가족 여러분께 도움을 부탁드립니다. 빨간 트럭을 보신 분은 연락 주세요. 찾아 주신 분은 저희 순례에 무료로 모시겠습니다.

삼촌은 각 카페 운영자들한테 메시지도 보냈다. 카페 운영자들은 원주 부근 회원들한테 곧장 안내를 하고 공지 사항도 띄우겠다고 약속했다. 삼촌도 잠깐 사이에 수백 명에게 문자 메시지를 보냈다.

트럭을 찾는 일이 급한데 휴대전화만 잡고 있는 삼촌이 답답했다.

"삼촌, 병원 쪽으로 가 보자. 혹시 시시 티브이(CCTV)에 도둑이 찍혔을지 모르잖아."

"잠깐 기다려, 연락 좀 더 해 보고."

"누가 그런 걸 봐."

삼촌이 고개를 들었다. 눈빛이 날카로웠다.

"트럭 잃어버린 지 얼마 안 됐으니까 아직 이 근처에 있을 거야. 우리 카페 회원들한테 빨리 알려서 트럭을 찾아 달라고 하는 게 좋겠어."

"회원이 몇 명이나 된다고 그래. 그보다 시시 티브이를 찾아보자니까."

"'여자친구' 회원 3만 명 넘어. 강원도 쪽만 해도 상당히 많고."

엄청난 수였다. 회원이 그렇게 많은 카페의 주인이라니, 갑자기 삼촌이 다르게 보였다. 삼촌이 덧붙였다.

“다른 카페에는 더 많아. ‘자전거로 출퇴근하는 사람들’은 곧 100만 명 넘을걸?”

삼촌이 잠시 뒤에 벌떡 일어섰다.

“자, 병원 쪽으로 가 보자.”

삼촌과 함께 다시 주차장으로 갔다. 그렇지만 헛수고였다. 무료 주차장이라 경비 아저씨도 없고 시시 티브이도 없었다.

우리는 희정이 누나한테 돌아갔다. 수액이 절반 정도 남아 있었다. 누나는 잠들어 있었다. 처음에 봤을 때는 얼굴이 뽀얬는데 지금은 얼굴이 타고 무릎도 까지고 많이 야위었다. 벌컥 화를 내서 그렇지 예쁜 누나인데 좀 불쌍했다.

띵동!

알림 소리가 났다. 나는 삼촌 휴대전화를 들여다보았다.

— 횡성군청 앞에 빨간 트럭, 펭귄 냉동 12호차?

삼촌이 답을 보냈다.

— 아닙니다. 연락 고맙습니다.

띵동!

— 원주역 앞 빨간 트럭 발견, 동화 베이커리라고 쓰여 있네요.

— 아닙니다. 연락 고맙습니다.

— 박경리 문학공원인데요. 빨간색 트럭에서 팥빙수를 팔

아요.

—아닙니다. 연락 고맙습니다.

빨간 트럭을 봤다는 연락이 몇 번 더 왔지만 모두 우리 트럭이 아니었다. 문자 메시지들 사이사이 전화도 왔다. 메시지 보내랴 전화 받으랴 삼촌 손이 바빴다. 만석이 형이 전화를 했다. 갈라진 목소리가 쩌렁쩌렁했다.

"형, 어떻게 됐어?"

"아직 찾고 있어. 거긴 어때?"

"다들 몸이 물엿 같아. 저녁때 고기 좀 먹여야겠는데."

"알았어. 일단 캠프 장소로 와."

만석이 형 전화를 끊자마자 다시 휴대전화가 울렸다. 나는 삼촌 휴대전화에 귀를 가까이 댔다.

"여보세요? 혹시 빨간 트럭 찾는 분이세요?"

"네, 맞습니다."

"저는 '하늘 자전거' 회원인데요. 산 타고 내려오다가 빨간 트럭을 봤어요. 뒤에 자전거 그려져 있고 '여자친구'라고 써진 거 맞죠?"

온몸에 전기가 통했다. 삼촌이 침착하게 위치를 물었다.

택시는 시골 마을 앞에 우리를 내려 줬다. 커다란 나무가 있고 나무 밑에 정자가 있었다. 정자 옆에 흙투성이 자전거가 기대어 있고, 자전거만큼 먼지투성이인 아저씨가 앉아 있었다.

삼촌이 다가가 손을 내밀었다. 아저씨가 손을 잡으며 말했다.

"안내 받고도 별 생각 안 했는데, 집에 가는 길에 요 앞에서 빨간 트럭이랑 마주쳤지 뭐예요. 도둑이 젊은 녀석 같은데 경찰을 부르는 게 낫지 않을까요?"

삼촌이 잠깐 생각하고 나서 대답했다.

"일단 제가 가 보겠습니다."

우리 손으로 도둑을 잡으러 간다. 맨손으로 가기는 불안했다. 밭에 꽂아 놓은 대나무 막대기가 보였다. 없는 것보다 나을 것 같아 막대기를 뽑아 왔다. 삼촌과 자전거 아저씨가 어느새 앞서가고 있었다.

트럭은 마을 끝에 외따로 떨어진 집 마당에 서 있었다. 집은 기와지붕이 군데군데 깨져 있고 흙 마당에 풀이 난 한옥이었다. 우리는 허물어진 돌담 옆으로 갔다. 트럭 뒤에서 움직이는 발이 보였다. 우리 발소리가 들리자 트럭 뒤에 있는 사람이 얼굴을 내밀었다. 얼굴을 제대로 보기도 전에 그 사람이 도망을 쳤다. 그 사람이 있던 자리에 슬리퍼 한 짝이 남았다. 아저씨가 자전거를 타고 쫓아가려 했지만 삼촌이 팔을 붙잡았다. 삼촌이 자전거 아저씨를 보냈다.

"정말 고맙습니다. 이거 제 명함인데요, 다음에 저희 순례 참가하시면 모든 걸 무료로 해 드리겠습니다. 언제든지 전화 주세요."

"빨리 경찰 불러요. 저런 놈은 혼쭐을 내야 된다니까."

자전거 아저씨가 손을 흔들며 떠났다.

우리는 트럭을 살폈다. 짐도 그대로고 운전석 뒤에 있는 돈 가방도 그대로였다. 삼촌이 트럭 문을 닫자 집 안에서 소리가 들렸다.

"앵규야."

사람이 있는 줄 몰랐는데 깜짝 놀랐다. 얼굴이 쪼글쪼글한 할머니가 방에서 고개를 내밀었다.

"누구여?"

삼촌과 나는 서로 얼굴을 마주 보았다. 할머니가 힘들게 마루로 걸어 나왔다. 허리가 바나나처럼 굽어 있었다.

"앵규 친구여?"

"할머니, 저희는 이 트럭……."

삼촌이 내 입을 막았다. 할머니가 내 쪽으로 귀를 댔다.

"안 들려. 크게 말혀."

삼촌이 할머니 귀에 입을 가까이 대고 말했다.

"앵규 친군데요, 앵규 어디 갔어요?"

"아까까징 있었는데 어디 갔으까? 가만있자, 혹시 저 이쁜 차 빌려준 친구여?"

"예?"

"우리 앵규 장사하라고 차 빌려준 친구 아녀?"

삼촌이 어정쩡하게 웃었다. 할머니가 삼촌 손을 잡고 몇 번이나 고개를 숙였다.

"고맙구먼, 참말로 고마워. 우리 앵규가 어디서 이런 귀한 친구를 만났으까."

할머니가 엉금엉금 부엌으로 가더니 못생긴 옥수수를 쟁반에 담아 왔다. 할머니가 마루를 손바닥으로 두드렸다.

"여기 앉어. 앉어서 옥수수 먹고 있으면 금방 올 거여."

삼촌과 나는 할머니가 쥐여 준 옥수수를 하나씩 뜯었다. 시계를 보니 희정이 누나가 퇴원할 시간이 얼마 남지 않았다. 나는 삼촌 옆구리를 쿡 찔렀다.

"삼촌, 희정이 누나."

"알았다. 조금만 있다가 가자."

할머니는 삼촌이 잘생겼다느니, 어디서 만난 친구냐느니 하며 삼촌 손을 잡고 놔 주질 않았다. 삼촌은 그때마다 우물쭈물 대답을 얼버무렸다. 가만히 보니까 할머니는 대답이 듣고 싶어서 물어보는 게 아닌 것 같았다. 아무도 오지 않던 집에 찾아온 손님이 반가워서 물어본 말을 묻고 또 묻는 것 같았다. 삼촌이 할머니 손을 꼭 잡아 주었다.

아무 소리도 나지 않았는데 할머니가 고개를 돌렸다. 저만치 무너진 돌담 위로 삐죽 내민 얼굴이 보였다.

"앵규야, 어여 와. 친구 왔어."

할머니가 오라고 손짓을 했다. 삼촌은 고개를 돌리지 않고 계속 할머니의 한쪽 손을 붙잡고 있었다. 목 늘어난 반소매 티셔츠를 입고 며칠 머리를 안 감은 듯한 아저씨가 천천히 우리를 향해 걸어왔다. 표정이 참 복잡했다. 겁먹고, 포기하고, 용기를 내려 하는 마음이 뒤섞인 표정이었다.

삼촌이 할머니 손을 놓고 일어섰다. 도둑이 움찔 제자리에 섰다. 한쪽만 슬리퍼를 신고 있어서 다른 발이 지저분했다. 삼촌이 도둑 아저씨 앞에 섰다. 도둑 아저씨는 고개를 들지 못했다. 삼촌이 속삭였다.

"상지대 정문 앞으로 여덟 시까지 와라. 안 나오면 경찰이 찾아올 거다."

삼촌이 나한테 손짓을 했다. 나는 남은 옥수수 두 개를 들고 차에 탔다. 할머니가 검정 고무신을 끌면서 삼촌한테 왔다.

"밥도 먹고 막걸리도 마시고 놀다 가. 우리 앵규랑 한방에서 자고 가."

삼촌이 할머니 귀에 대고 소리쳤다.

"할머니, 다음에 또 올게요. 안녕히 계세요."

할머니가 어렵게 손을 놓았다. 트럭 거울에 꼼짝 않고 서 있는 도둑 아저씨가 비쳤다. 점점 작아져서 사라질 때까지, 도둑은 움직이지 않았다.

삼촌한테 물었다.

"왜 신고 안 해?"

"다른 생각이 있다."

"신고 안 하는 대신 돈 받을 거야?"

아무 대답이 없는 걸 보니 삼촌이 정말 그럴 생각인 것 같았다. 좋은 생각이다. 돈이 생기면 통닭도 먹고 갈비도 먹자고 해야지. 잠도 계속 찜질방에서 잘 수 있다. 삼촌은 나보다 머리가 좋았다.

병원에 들러 희정이 누나를 태우고 오늘 저녁 캠프를 칠 곳으로 갔다. 원주 시내를 지나 홍천 가는 길에 있는 마을 회관 앞마당이었다.

저녁을 엄청나게 기대했는데 메뉴가 간단했다. 오이냉국과 오징어초무침, 김치와 김, 달걀프라이가 다였다. 도둑한테 아직 돈을 못 받아서 그런 것 같았다.

저녁을 다 먹자 삼촌이 트럭에 올라탔다. 나도 얼른 조수석에 탔다.

"넌 내려."

삼촌이 혼자 차를 몰고 사라졌다. 앵규 아저씨가 다른 속셈으로 어떤 짓을 할지 모르는데 삼촌 혼자서는 위험했다. 트럭 도난 사건에 대해서 아무것도 모르는 다른 사람들은 텐트 안에서 뒹굴거리거나 수도꼭지 밑에서 빨래를 했다. 나는 통나무 장작을 옮기고 있는 만석이 형한테 갔다. 내 이야기를 들은 만석이 형이 고개를 갸웃거렸다. 나는 만석이 형을 설득했다.

"그러니까 우리가 가서 삼촌을 보호해 줘야지."

"석기 형이 왜 그랬을까?"

만석이 형은 의아해하면서도 캠프를 벗어나지 말라고 했다. 나는 속이 타서 발을 동동 굴렀다.

밤이 되자 선선한 바람이 불었다. 만석이 형이 모닥불을 피우고 차를 마시자며 사람들을 모았다. 여름밤인데도 따뜻한 국화차가 맛있었다. 지난해에 말렸다는 국화꽃이 컵 안에서 다시 피어났다.

우리는 모닥불을 가운데 두고 둥글게 앉아서 국화차를 홀짝였다. 하늘에는 저녁노을이 사라졌지만 우리 앞에는 저녁노을을 닮은 모닥불이 남았다. 바짝 마른 장작이 타면서 탁탁

소리를 냈다. 가끔 별똥 같은 불똥이 튀었다.

키 작은 모닥불 불꽃이 흔들릴 때마다 사람들 얼굴에 불빛이 일렁였다. 옆에 앉은 은영이 누나 눈망울에 모닥불이 비쳤다. 은영이 누나가 나를 보고 웃자 눈 속의 모닥불이 흔들렸다. 사람들 눈망울마다 작은 모닥불이 보였다.

만석이 형이 쉰 목소리로 말했다.

"자전거 순례가 사흘 밤 남았습니다."

듣고 보니 벌써 9일이 지났다. 한낮에 자전거로 달릴 때는 5분, 10분도 길었는데 그때뿐이었다. 내일모레면 속초에 도착한다. 속초에서 마지막 목적지인 통일전망대까지는 반나절만에 갈 수 있는 거리라고 했다.

"단체 자전거 여행에서 자전거 타기는 딱 절반입니다. 사람들하고 친해지는 게 나머지 절반이에요. 남은 시간 동안 아직 친해지지 못한 사람과 친해지려고 노력했으면 합니다."

사람들이 만석이 형과 희정이 누나를 번갈아 보며 웃었다. 희정이 누나가 발끈했다.

"왜? 왜 날 봐요?"

만석이 형이 다시 말했다.

"저는 제 자전거 가게를 여는 게 꿈입니다. 석기 형이랑 2년 동안 자전거 순례를 진행하면서 국내 여행 경험을 쌓았어요.

이번 순례가 끝나면 저는 프랑스에 가서 자전거 기술 학교에 다닐 거예요. 마지막이라고 생각해서인지 안전에 더 신경 쓰느라 딱딱하게 굴었는데, 혹시 화난 사람 있으면 오늘 밤 풀면 좋겠네요."

만석이 형이 희정이 누나를 바라보았다. 희정이 누나가 찬바람 나게 고개를 홱 돌렸다. 만석이 형이 뒤통수를 긁적였다. 낮에 고함을 치며 자신만만하게 우리를 이끌 때와 달리 어쩔 줄 모르는 표정을 짓고 있었다.

내 옆에 앉은 상옥이 아저씨가 만석이 형을 보며 쿡쿡 웃었다. 영우 아저씨는 만석이 형을 보며 혀를 찼다. 말이 없던 배병진 아저씨도 씩 웃었다. 아저씨들은 내가 모르는 비밀을 아는 것 같았다.

"왜 자꾸 웃어요?"

희정이 누나가 심통을 부렸지만 웃음소리는 그치지 않았다. 타닥타닥 튀어 오르는 불티처럼 웃음소리가 하늘로 올라갔다.

만석이 형이 일어나더니 주전자를 들고 다니며 국화차를 따랐다. 조그만 주전자에서 끝없이 차가 나오는 것 같았다. 차에서 씁쓸하고 달콤한 국화 향이 났다. 만석이 형이 주전자를 내밀자 희정이 누나가 자리에서 벌떡 일어났다. 그때 옆에 앉은 동혁이 형이 희정이 누나 팔을 붙잡더니, 수첩을 내밀었다. 희정이 누나가 물었다.

"이게 뭔데?"

"번호 좀 적어 줘."

"내 전화번호?"

"응. 군대 가서 연락하게."

희정이 누나가 다시 자리에 앉아 전화번호를 적어 주었다. 동혁이 형은 일어나서 차례대로 지은이 누나랑 은영이 누나 번호를 받았고, 잠깐 고민하다가 리나 번호도 받았다. 아저씨들과 형들을 따라 나도 전화번호를 적어 주었다.

동혁이 형이 나를 보며 씩 웃었다.

"은영이네 학교 이름이 개똥벌레 학교래."

은영이 누나랑 리나, 웨인만 빼고 다들 웃었다. 은영이 누나가 얼굴이 빨개져서 말했다.

"우리 학교, 좋은 학교예요."

지은이 누나가 물었다.

"그런데 넌 왜 대안학교에 다니니? 처음부터 궁금했는데."

은영이 누나가 아랫입술을 지그시 깨물더니 차근차근 이야기를 시작했다. 누나는 따돌림 때문에 중학교를 그만둔 이야기를 하면서 눈물을 흘렸다. 희정이 누나가 은영이 누나 등을 두드려 주다가 따라서 울어 버렸다. 둘 다 눈이 커서인지 눈물이 많이도 나왔다. 만석이 형이 재빨리 희정이 누나한테 수건을 내밀었다. 눈물을 보니까 마음이 이상했다. 누나들하고 정말 친해진 것 같았다. 다들 나랑 같은 마음인지 은영이 누나와 희정이 누나를 열심히 달랬다.

은영이 누나가 울다가 웃다가 말을 마쳤다. 희정이 누나가 수건으로 눈물을 닦아 가며 자기는 자전거 타기가 정말 싫지만 이제는 오기로라도 끝까지 갈 거라고 다짐했다.

어쩌다 보니 돌아가면서 한마디씩 하는 분위기가 되었다. 상옥이 아저씨는 사업에 두 번 실패했다가 세 번째 일어난 이야기를 했다. 지은이 누나는 초등학교 선생님이 되기 전에 철인 삼종 경기에서 우승하겠다고 주먹을 불끈 쥐었다. 영우 아저씨는 하루도 빠짐없이 다섯 달 동안 술을 마신 적이 있다고 해서 우리를 놀라게 했다.

리나와 웨인 이야기는 상옥이 아저씨가 통역을 했다. 고등학생 커플이던 둘은 졸업하고 3년 동안 돈을 모아 자전거 세계 일주를 떠난 거라고 해서 모두를 부럽게 했다.

지은이 누나가 물었다.

"둘이 결혼했어요?"

"여행이 끝나면 결정할래요. 세계 일주를 함께한 이 사람과

인생 일주까지 같이할 건지 말 건지."

리나의 대답을 듣자 다들 박수를 쳤다. 웨인이 찻잔에 든 국화꽃을 손가락으로 집어 들고 청혼하는 흉내를 냈다.

모닥불이 잦아들었다. 빨간 숯불이 보석처럼 예뻤다. 만석이 형이 마른풀을 얹었다. 매콤 달콤한 연기가 하늘로 천천히 올라가며 옅게 풀렸다.

"시골집 생각나네. 연기가 밑으로 깔려야 모기들이 도망가는데."

배병진 아저씨가 말을 꺼냈다. 지금까지 배병진 아저씨가 한 말 중에 가장 긴 말이었다. 배병진 아저씨가 두 손으로 찻잔을 감싸 쥐며 말했다.

"나한테는 이번이 마지막 자전거 여행일 거예요."

"어디 가세요?"

은영이 누나가 코를 훌쩍이며 물었다. 배병진 아저씨가 웃었다.

"여러분하고 함께 여행할 수 있어서 행복했어요. 친해지고 싶었는데 생각할 게 많아서 스스로 왕따가 되었네요. 난 열흘 뒤에 수술을 받아요. 병원에서는 수술 전에 체력을 아끼라고 자전거 여행을 못 하게 했는데요. 나는 어쩌면 마지막이 될지도 모르는 여름, 이 뜨겁고 아름다운 여름을 침대에서만 보내고 싶지 않았어요."

숨소리까지 들릴 만큼 조용해졌다. 아무리 봐도 배병진 아저씨는 환자처럼 보이지 않았다. 저렇게 밥 잘 먹고 자전거 잘 타는 환자가 있을까? 모기가 종아리 근처에서 잉잉거렸지만 때려잡을 수가 없었다.

"암 수술을 받고 나면 8월의 자전거 여행처럼 체력 소모가 심한 운동은 못 할 거예요. 기껏 평지 길에서 산책 삼아 조금 타는 정도겠죠. 그렇게라도 살 수 있다면 고마운 일입니다. 배를 열어 봐야 내가 얼마나 살지 알 수 있겠지만 난 끝까지 싸울 겁니다. 하루하루가 가지산을 오르는 것처럼 힘들어도, 끝까지 내리막길 없는 오르막길이어도 절대 포기하지 않을 겁니다. 살아 있는 것만으로도 나와 아내, 아무것도 모르는 여섯 살 내 아이한테 큰 선물이에요. 내 싸움은 자전거 여행이 끝나면 시작입니다. 그래서 나한테는 이번 여행이 특별해요. 살아 있는 동안 늘 기억할게요. 오늘 밤도, 여러분도, 이번 여행도."

은영이 누나가 다시 훌쩍였다. 희정이 누나도 눈물을 닦는 것 같았다. 상옥이 아저씨가 일어나더니 배병진 아저씨 어깨를 두드려 주었다. 영우 아저씨가 찻잔을 들었다.

"나만 힘든 줄 알았다는 게 참 부끄럽네요. 술은 끊었지만 이런 분위기에는 건배가 최고 아닙니까? 우리 건배합시다. 배병진 씨의 싸움을 위하여!"

"위하여!"

우리는 국화차 잔을 높이 올리며 소리쳤다. 배병진 아저씨가 고개를 숙였다.

문안이 형은 이야기 대신 자전거 묘기를 보여 주었다. 뒷바퀴로 가기, 멈춰 서서 넘어지지 않기, 뒷바퀴 들고 멈추기, 제자리에 서서 방향 바꾸기, 뒤로 앉아 타기, 누운 사람 뛰어넘기 등 각종 묘기를 보니 박수가 절로 나왔다. 마지막으로 모닥불을 뛰어넘겠다고 했는데 모두들 그것만은 말렸다.

내가 마지막이었다. 다들 내 얼굴을 바라보았지만 할 이야기가 없었다. 집 나온 초등학생 이야기. 멋있지도, 슬프지도, 재미있지도 않다. 은영이 누나와 단둘이라면 이야기를 할지 모르지만 사람들이 많은 데서는 이야기하고 싶지 않았다.

"그냥 삼촌 따라 여행 왔어요. 아무것도 모르고 왔는데 너무 힘들어요."

멋모르고 고생했다는데도 사람들은 나를 부러워했다. 자기들도 어릴 때부터 자전거 여행을 알았으면 좋았을 거라고 떠들었다.

내 이야기는 그걸로 끝이었지만 내 생각은 그때부터 시작이었다. 엄마 아빠는 어떻게 지낼까? 내가 연락하지 말라고 했지만 그래도 나를 찾지 않는다고 생각하니 슬펐다. 나는 엄마 아빠한테 그만큼밖에 안 되는 아이일까? 그래서 나를 두고도 미련 없이 이혼하겠다고 나서는 걸까? 내가 여기서 이러고 있는 사이에 집에서는 무슨 일이 벌어지고 있는지 궁금했다. 내일은 꼭 전화를 해 봐야겠다.

풀벌레 우는 소리가 들려왔다. 가을도 아닌데 부지런한 풀벌레다.

"가을이 벌써 와 있는데 우리만 모르는 거 아닐까?"

은영이 누나가 중얼거렸다. 가을은 잘 모르겠고, 삼촌은 어딜 가서 안 오는 거지? 꺼져 가는 모닥불에 장작을 더 넣을까 말까 망설일 때였다. 빨간 트럭이 도착했다.

트럭이 멈췄고 삼촌이 내렸다. 삼촌은 혼자가 아니었다. 옆자리에서 누군가 내렸다. 수박을 양손에 든 앵규 아저씨였다. 나는 놀라서 만석이 형 귀를 잡아당겼다.

"저, 저 아저씨. 도, 도……."

삼촌이 나를 보며 입술에 손가락을 댔다. 동혁이 형이 물었다.

"저분은 누구세요?"

삼촌이 순식간에 웃는 얼굴로 표정을 바꿨다.

"원주에서 고성까지 부분 참가하는 열네 번째 참가자, 윤영규 씨입니다."
사람들이 박수를 쳤다. 만석이 형이 고개를 갸웃거렸다.
"열네 번째?"
삼촌이 만석이 형 옆을 지나가며 낮은 목소리로 말했다.
"너 가면 나 혼자 남잖아. 네 후임자야."
만석이 형이 피식 웃었다. 삼촌이 쟁반과 칼을 들고나와 소리쳤다.
"수박 먹읍시다!"
"와!"
우리는 모닥불을 배신하고 수박 둘레로 모여들었다. 시원하고 달콤한 수박 물을 뚝뚝 떨어뜨리며 수박을 먹는 동안 앞산 위로 달이 떠올랐다. 보름달은 아니지만 밝고 크고 하얀 달이었다. 달빛도 하얬다.

7. 아! 미시령

홍천을 지났다. 오늘 잠을 잘 곳은 국도 변에 있는 자동차 휴게소였다. 휴게소 구석에 텐트를 쳤다. 심심한 사람들이 구경을 왔다. 아기를 안은 젊은 엄마가 나한테 물었다.

"어디서부터 왔니?"

"광주에서 부산 돌아서 올라오는 거예요."

아기 엄마 입이 딱 벌어졌다.

"세상에, 너같이 어린애가, 이 더위에?"

못 들은 척했지만 어깨가 자꾸 넓어지려고 했다.

텐트를 다 치고 밥을 먹으러 휴게소 식당으로 갔다. 누나들이 영규 아저씨를 둘러싸고 있었다. 지은이 누나가 질문을 했다.

"다 큰 사람이 왜 그렇게 자전거를 못 타요?"
"소는 잘 타요."
"소 타고 어떻게 자전거 순례를 해요?"
"그래서 안 한다고 했는데, 막 끌려왔다니까요."
누나들은 박수를 치며 깔깔 웃었다. 영규 아저씨는 웃지도 않고 머리를 긁적였다. 나는 영규 아저씨를 노려봤다. 다들 저 사람의 정체를 안다면 저렇게 다정하게 대해 주지 않을 거다. 문제는 삼촌이었다.
휴게소 뒤로 가니 언덕 아래를 흐르는 맑은 냇물이 내려다보였다. 삼촌이 혼자서 냇물을 바라보고 있었다. 나는 삼촌 옆에 앉았다.
"삼촌, 저 아저씨 왜 데려온 거야?"
"다음 순례부터 영규가 만석이 대신이다."
"저 사람 도둑이잖아. 또 훔치면 어쩌려고?"
삼촌이 웃으며 고개를 저었다.
"나랑 약속했으니까 안 그럴 거다."
"도둑 약속을 어떻게 믿어?"
삼촌 얼굴에서 웃음이 사라졌다. 삼촌이 내 앞에 마주 앉았다.
"영규 녀석, 다섯 살 때부터 할머니 밑에서 자랐대. 말 들어

보니까 고생 많이 했더라. 속은 착한 녀석 같아. 도둑질도 처음이래. 차가 있으면 채소 장사라도 해 보고 싶었는데 열쇠 꽂힌 트럭이 보였다는 거야. 따지고 보면 절반은 우리 잘못이야."

"그래도 도둑은 도둑이지. 열쇠 꽂혀 있다고 아무나 도둑질하나?"

삼촌이 한숨을 쉬며 물었다.

"너라면 어떻게 하겠냐?"

"피해 보상을 받거나 경찰에 신고할 거야."

"그럼 영규는 진짜 도둑이 돼."

"진짜 도둑이잖아."

"다른 건 생각 안 해 봤냐?"

"뭐?"

"영규가 다시는 도둑질을 안 한다면? 트럭을 훔쳤다는 걸 우리만 안다면? 우리마저 나중에는 영규가 트럭을 훔친 걸 잊게 된다면?"

삼촌은 좋은 쪽으로만 생각하고 있었다.

"사람 일이 맘대로 돼?"

내가 말해 놓고도 어디서 많이 듣던 말이라는 생각이 들었다. 아빠가 입에 달고 사는 말이었다. 힘들고 피곤할 때, 엄마랑 싸우고 난 뒤 혼잣말처럼 내뱉던 말이었다. 삼촌이 나를 물끄러미 바라보았다. 장난치다가 교장실 앞 수족관을 깼을 때 선생님이 저런 눈으로 나를 바라보았다.

삼촌이 입을 열었다.

"난 열세 살에 첫 도둑질을 했어. 새로 나온 휴대전화를 훔치다가 걸렸지. 아버지한테 얼마나 맞았는지 몰라."

그뿐이 아니란 걸 나는 알고 있다. 그 뒤로도 계속 도둑질을 해서 집에서는 삼촌을 포기했다. 엄마 아빠가 결혼했을 때 벌써 삼촌은 고등학교를 뛰쳐나간 집안 골칫거리였다. 아무튼 지금은 삼촌 옛날얘기를 듣고 싶은 게 아니다.

"삼촌이 신고 안 하면 내가 할래. 나쁜 짓을 했으면 벌을 받아야지."

"지금도 가끔 생각하는 건데 아버지가 나한테 왜 휴대전화를 훔쳤는지 물어봤다면 난 얌전한 중학교 1학년으로 돌아갔을지 몰라. 아버지는 형한테만 컴퓨터, 휴대전화, 비싼 운동화를 사 줬고 형은 그것들을 내가 손도 못 대게 아꼈지. 아버지는 끝까지 날 때리기만 했어."

할아버지가 나빴다. 그런데 휴대전화를 훔친 것보다 트럭을 훔친 게 더 큰 잘못 아닌가? 물어보기 전에 삼촌이 먼저 말했다.

"네가 나한테 오고 싶다고 했을 때 난 속으로 웃었어. 내가 네 나이일 때 생각이 났거든. 그래서 아무것도 묻지 않았지. 도중에 네 엄마 아빠 이야기를 듣고는 난 그저 너를 힘들게 한 것들을 잊고 땀 흘리게 해 주고 싶었어. 땀은 고민을 없애 주고 자전거는 즐겁게 땀을 흘리게 하지. 난 그 기회를 영규한테도 주고 싶어. 내가 남한테 줄 수 있는 건 이것밖에 없어."

삼촌은 나를 부려 먹으려고 오라고 한 줄 알았는데 그게 아니란다. 삼촌 말이 틀린 건 아니다. 나는 평생 흘린 것보다 더 많은 땀을 지난 열흘 동안 흘렸다. 엄마 아빠에 대한 화도 많이 누그러졌다. 지금은 앞으로 어떻게 하면 될까를 생각하고 있다. 자전거 여행은 신기한 약이었다.

삼촌이 휘파람을 불며 텐트로 가 버렸다. 어느새 하늘이 어두워져 있었다. 산 위로 뜬 달이 보였다. 어제보다 날씬해진 달이었다. 달빛을 받은 시냇물이 반짝거렸다. 냇가 옆 수풀에서 파르스름한 불빛이 움직였다. 잘못 봤나 싶어서 눈을 깜빡였는데 불빛은 오히려 수가 늘어났다.

"개똥벌레야."

어느 틈에 왔는지 은영이 누나가 내 옆에 앉으며 말했다. 배병진 아저씨도 개똥벌레를 보러 왔다. 사람들이 하나둘 모여들더니 결국 모두 모여서 개똥벌레를 구경했다. 말하는 사람은 없었다. 밤이 깊어 갈수록 개똥벌레는 활발하게 움직여 우리가 앉아 있는 곳에서 얼마 떨어지지 않은 곳까지 올라왔다. 밤이 깊어지자 휴게소가 조용해졌다. 집에 전화를 할 때였다.

웬일인지 엄마 목소리가 차분했다.

"밥은 잘 먹고 다니니? 다친 데는 없고?"

"잘 먹어. 엄마는?"

"내가 어떻게 잘 지내겠니? 남자 둘이 내 속을 이렇게 끓이는데."

"아빠는 들어왔어?"

"아직 자정도 안 됐어. 네 아빠 집에 오려면 한참 멀었다."

"엄마."

"왜?"

"삼겹살 사다 먹어."

"무슨 말이야?"

"아빠랑 삼겹살 좀 먹으라고."

"됐어. 너 오면 같이 먹을게."

"엄마."

"왜?"

"나 공부하기 싫어."

"공부 안 하면 뭐 할래? 네가 운동을 잘하니? 집에 돈이 많니? 도대체 뭐가 될 건데? 너 지금 어디야?"

엄마 목소리가 갑자기 높아졌다. 나는 전화를 끊었다.

아빠는 내 목소리를 듣자마자 웃었다. 웃다가 숨이 넘어가게 기침을 했다. 주위가 시끄러운 걸 보니 술집 같았다.

"오, 아들! 자유로운 영혼이 된 내 아들! 행복하냐?"

아빠가 이상했다. 아빠 입에서 듣기 힘든 말들이었다. 자유, 영혼, 행복, 내 아들.

"잘 모르겠어. 아빠는?"

"나? 내 인생에 행복은 없다. 사라진 지 오래다."

"술 많이 마셨어?"

"아직, 이제 많이 마실 거다."

"왜 그렇게 술만 마셔?"

"『어린 왕자』에 이런 말이 나오지. '술 마시는 게 부끄러워 술을 마신다'. 하하하하!"

다른 날과 다르게 아빠가 말이 많았다. 묻는 말에 꼬박꼬박 대답도 해 줬다. 아빠가 질문을 했다.

"아들아, 너 있는 데로 아빠가 갈까?"

"회사는?"

"회사가 나보고 쉬란다. 푹 쉬란다."

"잘렸어?"

"이놈아, 잘리다니! 명예로운 퇴직이지! 그런데 뭐가 명예로운 건지 모르겠다.”

“명예로운 거 아니잖아.”

“그럼 따져야지. 그놈들이 나를 속인 거야. 나쁜 놈들!”

“따지면 다시 회사 갈 수 있어?”

“그건 아니지만 아무 말도 못 하고 등 떠밀린 거 분풀이라도 해야지.”

“아빠!”

“왜?”

“엄마가 삼겹살 먹고 싶대.”

“뭐?”

“엄마가 삼겹살 먹고 싶다니까 좀 사 줘.”

“내가 왜 네 엄마 삼겹살을 사 주냐? 회사 잘린 거 알면 날 집에서 쫓아내려고 할 텐데.”

“마지막으로 한번 사 줘.”

“마지막은 슬픈 거다. 마지막 삼겹살도 슬프구나. 내 인생의 황금기를 도둑맞은 나도 슬프다.”

아빠가 연극하듯 말했다. 내 말을 장난으로 듣는 걸까? 나는 아빠한테 말하고 싶었던 마지막 말을 꺼냈다. 이 말을 듣고도 웃을까?

“아빠.”

"빨리 말해라. 내 술잔에 거품이 없어지고 있다."

"아빠가 때린 데, 지금도 아파. 많이."

아빠 손자국은 지워졌지만 내 마음의 멍은 점점 어두운 색으로 바뀌고 있다. 어떻게라도 풀지 않으면 영영 없어지지 않을 얼룩으로 남을 것 같았다. 지금도 생각난다. 나를 향해 손을 치켜들던 아빠의 눈, 빨갛게 부어오르던 내 볼의 손자국, 내가 쓰레기처럼 느껴지던 그날 밤이 여전히 아프다.

아빠는 대답이 없었다. 내가 아빠를 불렀다.

"내 말 들었어?"

"미안하다. 호진아, 정말 미안하다."

아빠가 울기 시작했다. 엄마 잃은 아이처럼 오래오래 울었다. 나는 아빠 울음소리를 듣다가 조용히 수화기를 내려놓았다. 가족은 밤을 함께 보내는 사이다. 아빠도 엄마도 나도 저마다 다른 곳에서 다른 밤을 보내고 있다. 가족이란 이런 게 아닐 텐데 우리는 어쩌다 여기까지 왔을까? 모르겠다. 정말 모르겠다.

텐트로 돌아가는데 시냇가에서 전화를 걸고 있는 영규 아저씨가 보였다. 꽥꽥 소리를 질러 대는 통에 통화 내용이 다 들렸다.

"할머니, 걱정 말고 잘 있어. 친구랑 장사해서 돈 벌어 갈게.

밥? 많이 먹었어."

텐트로 걸어가는 중에도 영규 아저씨 목소리는 끊이지 않고 들렸다. 멀리 있어도 서로 걱정하는 가족이 있는 사람. 영규 아저씨가 부러웠다. 처음으로 영규 아저씨가 나쁜 사람이 아닐지도 모른다는 생각이 들었다.

아침이 되었다. 몸을 풀고 나자 언제나처럼 만석이 형이 오늘 갈 길을 알려 주었다.

"오늘은 속초를 지나 고성군 토성면까지 100킬로미터를 달립니다. 미시령만 빼면 나머지 길 좋습니다. 미시령은 해발 767미터. 터널이 있지만 우리는 고개를 넘는 옛길로 갑니다. 미시령만 넘으면 순례가 끝났다고 봐도 좋습니다. 힘든 길이지만 아름답습니다. 미시령 너머 동해 바다가 기다립니다. 오늘도 힘냅시다!"

삼촌이 한숨을 쉬는 영규 아저씨 어깨를 두드려 줬다. 영규 아저씨는 자전거를 힘으로 타려고 했다. 순례에서 처음 자전거를 탈 무렵의 나를 보는 것 같았다. 영규 아저씨가 처질 때마다 누나들이 놀렸다. 영규 아저씨는 놀림을 받아서 창피하고도 화가 나는 모양이었다. 처지지 않으려고 씩씩거리면서 페달을 밟았다. 숨소리가 뒤까지 들렸다. 하지만 상대를 잘못

골랐다. 우리 누나들은 보통 사람이 아니다. 8월 가장 더운 때, 산을 넘고 강을 건너 1,000킬로미터를 달린 철인들이다.

다행히 오늘은 하늘에 구름이 많았다. 햇살이 들락날락해서 달리기 좋았다. 고개를 하나 올라 내리막길을 신나게 달렸다. 다들 단숨에 동해까지 달리려는 듯 힘차게 페달을 밟았다. 38선 휴게소를 지났다. 삼팔선이 우리나라 끝인 줄 알았는데 아니었다. 휴게소를 지나자 넓고 깊은 소양호가 보였다.

갈수록 산이 길을 향해 바짝 다가섰다. 길 오른쪽으로 계곡이 있었다. 보는 것만으로도 온몸이 시원해지는 계곡이었다. 갖가지 모양을 한 바위 사이로 푸른 물이 흘렀다. 당장이라도 뛰어들고 싶었다.

길을 넓히는 공사가 한창이었다. 그래서 좁던 길이 더 좁아졌다. 자동차들이 우리 뒤로 밀리기 시작했다. 대열을 바꿔 한 줄로 달렸지만 길이 워낙 좁아 차들이 지나갈 때면 아슬아슬해 보였다.

"조금만 참아. 미시령 옛길로 올라가면 차가 별로 없으니까."

삼촌이 확성기로 말했다. 오르막길이라면 질색인데, 언제부턴가 빨리 미시령이 나오길 기다렸다.

길옆으로 식당이 많았다. 식당마다 '황태구이, 황태찜, 황태해장국, 황태 정식'이라고 큰 글씨로 써 붙여 놓았다. 식당을 보자 배가 고팠다. 짜장면 곱빼기를 두 그릇쯤 먹고 싶었다. 하지만 점심은 황태해장국이었다.

"이 근처가 다 황태 덕장이야. 겨울이 되면 명태가 주렁주렁 매달려 황태가 되지."

아쉽기는 했지만 황태해장국도 맛있었다. 평소같이 밥 두 공기를 먹고 잠깐 낮잠을 잤다. 식당 아주머니가 에어컨을 시원하게 틀어 줘서 천국에 온 것 같았다.

"출발 준비!"

만석이 형 목소리가 들렸다. 우리 모두 가장 싫어하는 소리였다. 꿈에도 나오는 소리, '출발 준비'.

가볍게 몸을 풀고 헬멧을 쓰고 장갑을 꼈다. 만석이 형이 긴장한 얼굴로 말했다.

"이제 곧 미시령입니다. 정신은 긴장하고 몸은 가볍게 하세요. 최대한 자전거에서 내리지 마세요. 가지산을 올라갈 때처럼만 하면 됩니다. 자, 마지막 산입니다. 모두 파이팅!"

'미시령 옛길'이라는 표지판이 나타났다. 지옥문 앞에 선 기분이었다. 우리는 한 줄로 늘어서서 천천히 오르막길을 올랐다. 서두른다고 될 일이 아니었다. 포기할 수 있는 일도 아니었다. 어차피 넘어야 될 산이었다.

기어를 가볍게 했다. 페달을 일정한 빠르기로 굴려야 한다.

문제는 속도가 아니다. 어차피 오르막길에서는 속도를 내지 못한다. 자전거에서 끝까지 내리지만 않으면 걷는 것보다는 빠르다. 속도계를 보니 시속 7킬로미터가 나왔다. 나쁘지 않다. 다들 숨을 몰아쉬며 페달을 밟았다.

"힘내세요. 아자자!"

고함 소리가 나더니 자전거 두 대가 미사일처럼 우리를 지나 내려갔다. 자전거가 일으키는 바람이 느껴졌다. 부러웠다. 하지만 저 사람들도 얼마 전까지 미시령 건너편에서 우리처럼 오르막길을 오르느라 몸부림쳤을 거다.

지나온 길이 발밑으로 조금씩 조금씩 낮아졌다. 그래도 아직 가야 할 길이 멀었다. 가장 먼저 멈춰 선 사람은 영규 아저씨였다. 영규 아저씨는 길가에 앉아 숨을 헉헉거리면서 앞서가는 누나들을 믿을 수 없다는 눈으로 바라보았다. 트럭에 비상 깜빡이를 켜고 따라오던 삼촌이 확성기로 고함을 쳤다.

"영규야, 가자!"

영규 아저씨가 다시 자전거에 올라탔다. 삼촌이 박자를 붙여 줬다.

"기어가 너무 무거워. 기어 바꾸고! 하나, 둘! 하나, 둘!"

나는 영규 아저씨를 제쳤다. 영규 아저씨도 곧 자전거가 몸에 익을 거다. 그때까지만 고생하면 된다.

영규 아저씨 다음은 영우 아저씨였다. 영우 아저씨가 몸을 흔들면서 페달을 굴렀다. 내가 앞지르려고 하자 영우 아저씨가 헉헉대며 말했다.

"같이 가자! 아이구, 힘들다."

잠시 영우 아저씨 속도에 맞춰 줬다. 영우 아저씨는 땀으로 목욕을 하고 있었다. 가끔 머리를 흔들어 땀을 털었다. 나한테까지 땀이 튀는 것 같아 속도를 내서 영우 아저씨를 앞질렀다. 희정이 누나가 10미터쯤 앞에 있었다. 가까워 보였는데 오르막길 10미터 좁히기가 평지 길 100미터 줄이는 것보다 힘들었다. 희정이 누나 옆에는 만석이 형이 붙어 있었다. 희정이 누나가 씩씩대며 페달을 밟았다. 만석이 형이 옆에서 잔소리를 했다.

"고개 들어! 앞을 봐야 사고가 안 나지!"

희정이 누나가 소리를 질렀다.

"시끄러워! 혼자 갈 거니까 저리 가 버려!"

만석이 형이 희정이 누나 눈을 보더니 아무 말 하지 않고 먼저 올라갔다. 희정이 누나는 주문을 외듯 뭔가를 중얼거렸다. 무슨 소리인가 싶어 들어 봤는데 희정이 누나는 내가 옆에 온 것도 모르는 것 같았다.

"나쁜 놈들. 나쁜 놈들. 나쁜 놈들……."

누구를 욕하는지 알 것 같았다. 나는 희정이 누나를 앞질렀다.

속도가 점점 느려졌다. 올라갈수록 경사가 심해졌다. 허벅지가 터질 것만 같았다. 자전거로 산을 넘는 것만큼 힘든 일은 이제껏 없었다. 가지산을 넘었으니 미시령도 넘을 수 있으려니 생각했는데 그게 아니었다. 가지산은 가지산이고 미시령은 미시령이었다. 산 하나를 넘었다고 해서 다른 산이 고개를 숙이지는 않았다.

저만치 굽이에 나무 그늘이 보였다. 은영이 누나가 그 밑에서 쉬고 있었다. 나를 본 은영이 누나가 손짓을 했다.

“이리 와!”

나는 고개를 저었다. 다른 사람이 손짓했다면 당연히 쉬었을 테지만 은영이 누나한테는 멋진 모습을 보이고 싶었다. 앉아 있는 은영이 누나가 조금씩 멀어졌다.

또 다른 굽잇길이 나왔다. 살짝 뒤를 돌아보니 은영이 누나가 보이지 않았다. 나는 자전거를 세우고 잠깐 숨을 돌렸다.

“야호!”

저 위에서 쉬고 있던 동혁이 형이 나한테 손을 흔들었다. 나는 물을 한 모금 마시고 다시 출발했다.

한참을 오르자 저 멀리 앞서가는 상옥이 아저씨가 보였다.

신호진

상옥이 아저씨의 누워 타는 자전거는 경사진 길을 오르기가 힘들다고 했다. 그래도 아저씨는 꾸준히 페달을 밟았다. 간격을 좁히기가 힘들었다. 무리할 필요는 없었다. 1등 한다고 상을 주는 것도 아니고 몸부림친다고 1등을 할 수 있는 것도 아니다. 어지간한 남자는 코웃음 치며 이겨 버리는 지은이 누나가 앞에 있다. 자전거를 자기 몸 다루듯 하는 문안이 형도 있다. 이런 길도 행복하게 웃으며 오르는 배병진 아저씨도 있다. 그런 사람들을 이길 수는 없었다. 꼭 이겨야 하는 것도 아니다. 다른 사람들이 늦지 않게, 방해되지 않게 내 속도만 내면 그만이다.

하지만 나도 뭔가 잘하는 것이 있으면 좋겠다는 생각이 들었다.

'난 뭘 잘하지?'

생각나는 게 하나도 없었지만 마음이 급하지는 않았다. 집을 떠난 뒤로 여유가 생겼다. 아직 모를 뿐이다. 내가 정말 좋아하는 것을 아직 찾지 못했을 뿐이다. 내 속에 뭐가 들어 있는지 아직 모른다. 공부를 못하면 세상이 끝나는 줄 아는 엄마와, 엄마와 같은 생각이지만 표현을 하지 않을 뿐인 아빠가 떠올랐다. 하지만 난 공부가 싫다. 억지로 시키는 건 더 싫다. 그래서 공부를 하지 않았다. 그 대신 이렇게 온몸으로 부딪쳐 땀

흘릴 수 있는 거라면 할 수 있을 것 같았다. 안개 속 같던 머릿속에 어렴풋이 불빛이 비치는 것 같았다.

바람이 불었다. 온몸의 땀구멍이 활짝 열릴 만큼 시원한 바람, 나무 향기가 나는 바람이었다. 나는 바람을 실컷 마셨다. 맛있었다. 머릿속에 있던 안개가 바람에 날렸다. 이런저런 생각도 다 날아가 버렸다. 내 머릿속에는 남은 게 아무것도 없었다.

올라갈수록 힘이 들었다. 돌아보면 올라온 길이 발밑으로 굽이굽이 길었다. 힘들수록 남은 길은 짧아졌다. 나는 온몸에 남은 힘을 짜서 페달을 밟았다. 몸 안에 있는 에너지가 모두 다리로 들어갔다. 좋은 에너지, 나쁜 에너지 가리지 않았다. 내 다리는 가리지 않고 모든 걸 먹어 치우는 엔진이었다.

힘이 드는데 웃음이 나왔다. 나는 헐떡헐떡 찡그린 얼굴로 웃었다. 달리다 보면 오르막길은 끝나고야 만다. 나머지 절반은 내리막길이다. 바람처럼 달려가는 길, 너무 빠르지 않게 오히려 브레이크를 잡아야 하는 길이 나를 기다리고 있다. 오르막만 있는 길은 없다. 내리막만 있는 길도 없다. 모든 길은 오르막과 내리막 반반이었다. 올라갈수록 하늘이 넓어졌다. 멀리 휴게소를 알리는 노란 기둥이 서 있었다. 벌써 올라간 사람들이 나를 향해 소리를 질렀다.

"힘내! 다 왔어!"

미시령이 좋아질 것 같은 느낌이 들었다. 이름도 예뻤다. 미. 시. 령.

산마루에 섰다. 처음 보는 동해 바다가 저만치서 우리를 기다리고 있었다. 구불구불 산을 돌아 내려가는 길이 푸른 바다를 향해 뻗어 있었다.

"바다다!"

나는 목이 터져라 소리를 질렀다. 먼저 도착한 사람들이 나한테 물을 뿌렸다. 시원한 물이 머리를 적시고 온몸으로 흘러내렸다. 온몸으로 물을 맛봤다. 달고 시원했다.

뒤를 돌아보았다. 기듯이 천천히 올라오는 사람들이 보였다. 나는 손을 모아 고함을 질렀다.

"다 왔어요!"

한 명씩 한 명씩 우리 앞에 도착했다.

"이제 끝난 거야?"

희정이 누나가 눈물을 글썽이며 물었다. 은영이 누나가 희정이 누나를 안았다. 둘은 바다를 바라보며 울었다. 꼴찌는 영규 아저씨였다. 영규 아저씨는 우리가 한참을 쉰 다음에야 자전거를 끌고 올라왔다. 당장이라도 숨이 막혀 죽을 것 같았다.

미시령이라고 한자로 써진 돌 앞에서 기념 촬영을 하고 간식을 먹었다.

"지금부터 끝날 때까지 오르막길 없습니다."

만석이 형 말이 끝나자마자 다들 환성을 질렀다.

자전거를 타고 한여름의 내리막길을 달리는 것처럼 행복한 게 또 있을까? 우리는 신나게 달리고 또 달렸다. 나중에는 브레이크를 잡는 손이 아팠다.

한참 동안 내려가다가 만석이 형이 자전거 대열을 세웠다. 손을 내밀면 잡힐 듯이 가까이 서 있는 울산바위가 보이는 자리였다. 말이 바위지 울산바위는 산이었다. 800미터가 넘는 바위산인데 더 큰 설악산에 붙어 있다는 이유로 바위로 불려서 좀 억울할 것 같았다.

잠깐 자전거 브레이크를 식히고 다시 출발했다. 옛길은 또 다른 미시령 휴게소를 지나 큰길과 만났다. 속초 시내로 들어가는 길에서 왼쪽으로 방향을 돌려 북쪽으로 향했다. 왼쪽에는 방금 지나온 설악산이 보였다. 오른쪽에는 파도치는 바다가 보였다. 보이는 곳마다 해수욕장이고 해수욕장마다 사람들이 놀고 있었다. 바다를 보고도 돌아서야 했던 부산이 떠올랐다. 혹시 여기서도 그러는 건 아니겠지? 삼촌과 만석이 형도 사람인데 그럴 수는 없을 거다.

바닷가 마을을 몇 개 지났다. 큰길에서 갈려 나가는 작은 길

TIME

이 나오자 만석이 형이 손가락으로 작은 길을 가리켰다. 작은 길을 가다가 언덕 밑으로 나 있는 더 작은 길로 들어섰다. 길은 마을과 바다 사이에 경계선처럼 뻗어 있었다. 길옆으로 깨끗한 모래밭이 보였다.

2층 건물 앞에서 자전거가 멈췄다. 간판에 '광수 짬뽕'이라고 쓰여 있었다. 가게 앞에 두 사람이 서 있었다. 주방장 모자를 쓰고 턱에 회색 수염이 가득 난 아저씨는 팔짱을 끼고 있었고, 자전거 헬멧을 쓴 키 큰 누나는 환하게 웃으며 박수를 쳤

다. 만석이 형이 그 둘한테 인사를 했다. 삼촌이 차에서 내려 말했다.

"오늘은 여기서 잡니다. 저녁 먹을 때까지 자유 시간입니다."

"와아아!"

우리는 자전거를 세워 두고 바닷가로 달려갔다. 뒤에서 삼촌이 외쳤다.

"저녁은 짜장면!"

8. 출발 준비

두 시간 동안 바닷가에서 미친 듯이 뛰어놀았다. 바닷가에 있던 다른 사람들이 우리를 신기하게 쳐다봤다. 그 마음을 알 것 같았다. 가족 같지도 않고 친구 같지도 않은 새까만 사람들이 사막에서 온 것처럼 감동하며 물속을 뛰어다녔으니까.

삼촌이 저녁을 먹으라고 우리를 불렀을 때는 걸어갈 힘조차 남아 있지 않았다. 우리는 기어가듯 광수 짬뽕에 가서 짜장면을 먹었다.

"짜장 똥을 쌀 때까지 먹여 줄 테니까 절대 남기지 마!"

텁석부리 아저씨가 주방에서 얼굴을 내밀고 소리쳤다. 나는 씹을 새도 없이 술술 넘어가는 짜장면 곱빼기를 먹고 동혁이 형과 매콤한 짬뽕 한 그릇을 나눠 먹었다. 큼직한 양파 한 조각을 마지막으로 먹고 나니까 배가 축구공처럼 빵빵해졌다.

광수 짬뽕 2층은 '여자친구' 본부였다. 분해한 자전거와 부품 들이 여기저기 널려 있고 길이가 2미터가 넘는 우리나라 지도와 세계 지도가 벽에 붙어 있었다. 우리나라 지도에는 거미줄 같은 파란색 선이 매직펜으로 그어져 있었다. 우리나라 방방곡곡 선이 안 닿은 곳이 없었다.

삼촌한테 물었다.

"삼촌, 저 파란 선이 뭐야?"

"내가 자전거로 달린 길."

세계 지도에는 빨간 줄이 그어져 있고 잘 찾아보면 파란 줄도 보였다. 그것도 궁금했다. 삼촌 대답은 간단했다.

"내가 자전거로 달릴 길."

우리는 트럭에 실려 있는 짐을 본부로 옮겼다. 짐으로 가득 차 있던 트럭이 텅 비자 마음이 허전했다. 샤워를 하고 빨래까지 마치자 삼촌이 우리를 바닷가로 불러냈다. 모래밭 한쪽에 벌써 모닥불이 피워져 있었다.

삼촌이 준비한 것은 모닥불만이 아니었다. 모두한테 얼음덩이 같은 깡통 맥주를 하나씩 돌렸다. 나랑 은영이 누나, 그리고 주먹을 불끈 쥐고 부들부들 떠는 영우 아저씨는 식혜를 받았다.

삼촌이 일어서서 말했다.

"모두 수고하셨습니다. 제15회 자전거 순례가 큰 사고 없이 고성까지 일정을 마쳤습니다. 내일 통일전망대까지 달려야 되지만 그것도 안전하게 마무리 지을 수 있을 것 같습니다. 여러분이 바라는 만큼 편안한 여행이 되지 못한 점 사과하지 않겠습니다. 그게 우리가 여행하는 방식입니다! 더 불편했어야 되는데 참가비를 받아서 차마 그렇게 못 한 점 깊이 반성합니다."

"우우!"

사람들이 야유를 보냈다. 삼촌이 웃으며 깡통 맥주를 땄다. 딸깍! 흰 거품이 튀었다. 다들 깡통을 땄다. 삼촌이 깡통 맥주를 들고 소리쳤다.

"지금까지 우리를 싣고 달려온 자전거를 위하여!"

"위하여!"

나는 식혜를 마셨다. 입에서부터 목을 지나 배 속까지 시원한 고속도로가 뚫리는 것 같았다. 모닥불에서 타닥타닥 불꽃이 튀었다. 우리는 모닥불을 보며 이야기를 나눴다. 말보다 웃음이 많았다.

나는 사람들을 한 명씩 돌아보았다. 다들 좋은 사람들이다.

웃고 있는 은영이 누나를 보자 마음 한구석이 아팠다. 말 꼬리처럼 묶은 머리가 찰랑찰랑 흔들렸다. 내일이 지나면 못 본다. 순례가 끝나면 헤어질 거라는 생각을 하지 못했다. 아니, 순례가 끝날 거라는 생각을 하지 못했다. 언제까지나 함께 자전거를 탈 것 같았는데 벌써 마지막 밤이다. 순례 초반에는 친해질 거란 생각조차 하지 못했는데 다들 어떤 친구보다 더 친해져 버렸다. 자전거가 부린 마법이었다.

"자, 자! 여길 보세요."

만석이 형이 짝짝 박수를 쳤다. 만석이 형 옆에 텁석부리 광수 짬뽕 아저씨와 키 큰 누나가 서 있었다. 그러고 보니 저 두 사람이 누군지도 모르고 주는 대로 짜장면을 받아먹었다. 모두 두 사람을 바라보았다. 만석이 형이 깡통을 마이크처럼 들고 소개를 했다.

"우리 자전거 순례 팀의 든든한 후원자, 전직 연극배우이고 현재는 광수 짬뽕 사장 겸 주방장인 이광수 님을 소개합니다."

박수 소리가 컸다. 텁석부리 아저씨가 한 발 앞으로 나와 꾸벅 인사를 했다.

"이광숩니다."

그게 다였다. 키 큰 누나는 만석이 형한테서 깡통 마이크를 빼앗아 직접 자기소개를 했다.

"다들 고생 많으셨어요. 저는 최치연이에요. '여자친구'는 두 개 팀으로 번갈아 가며 순례를 떠나는데요. 다음 주에 시작하는 제16회 순례는 제가 팀장이 되고 광수 삼촌이 단장을 할 거예요. 마지막 밤 재미있게 놀아요. 맥주는 하나씩만 더 드릴 거예요. 더 마시고 싶은 분은 꾹 참아 주세요. 내일도 달려야 되니까요."

"알았어요!"

다들 웃으며 대답을 했다. 치연 누나는 짧은 머리만큼 목소리도 시원시원했다. 그렇지만 만석이 형처럼 모든 참가자를 다 끌고 갈 수 있을까? 내 생각을 듣기라도 한 것처럼 문안이 형이 속삭였다.

"치연 누나가 우리 팀 최고 실력자야. 사이클 도 대표 출신이거든. 저 허벅지 무섭지 않냐?"

"우아!"

다들 입이 벌어졌다. 어쩐지 처음부터 심상치 않아 보였다. 역시 사람은 쉽게 판단할 일이 아니다. 철인 대회에 나가겠다는 지은이 누나는 헤어졌던 친언니를 만난 것처럼 금세 치연 누나와 친해졌다.

파도 소리가 들렸다. 나는 바닷물에 발을 담그러 물가로 갔다. 낮고 귀여운 파도가 칠 때마다 바다 냄새가 났다. 짜고 신선한 냄새였다. 옛날에 이 냄새를 맡았던 기억이 났다. 어디인지는 모르겠지만 바닷가에 우리 집 세 식구가 놀러 갔었다. 고무 튜브를 타고 놀고, 수박과 조개구이를 먹고 별을 보다가 잠이 들었다. 지금도 우리 가족 앨범에 그때 찍은 사진이 있다. 배꼽까지 올라오는 수영복을 입고 파란 튜브를 든 나. 검은 수영복을 입고 돌고래처럼 수영하던 엄마. 조개껍데기를 밟아 발에서 피가 나는 바람에 그늘에서 맥주만 마셨던 아빠. 셋이 웃으며 함께 찍은 사진이 앨범에 있다. 그 사진이 보고 싶었다. 어디서 찍은 사진인지 알아내고 싶었다. 사진을 찍었던 곳에 찾아가면 여전히 꼬마인 내가 엄마 아빠 손을 잡고 신나게 놀고 있을 것 같았다. 엄마 아빠를 찾아가 계속 이렇게 행복하게 살아 달라고 부탁하고 싶었다.

"무슨 생각해?"

은영이 누나가 내 옆에 앉았다. 나는 대답을 하지 않았다. 모래에 발을 묻고 발가락을 꼼지락거렸다.

"넌 집에 돌아가니까 좋겠다. 난 기숙사로 가야 되는데."

나도 기숙사로 가면 좋겠다. 여행이 끝나면 어떡해야 될지 걱정이 됐다. 삼촌은 나를 집으로 돌려보내려고 할 거다. 하지만 나는 내가 떠나온 그 자리로 다시 돌아가고 싶지 않았다. 은영이 누나가 모래를 한 줌 들어서 자기 발 위에 쏟아부었다.

"올여름, 평생 잊지 못할 거야."

그 마음을 알 것 같았다. 나는 그냥 웃고 말았다. 다들 오래오래 간직할 추억을 가지고 돌아가는데 나는 돌아갈 곳이 없다.

"'여자친구' 카페에 우리 팀 게시판을 만들기로 했어. 사진이랑 웃기는 이야기도 올리면서 놀면 재미있을 거야."

울적했던 마음이 밝아졌다. 은영이 누나가 모래 묻은 손으로 내 머리를 토닥였다.

"혼자 너무 고민하지 말고 친구 필요하면 연락해. 알았지?"

은영이 누나가 나를 보고 씩 웃었다. 주위가 환해지는 것 같았다.

쉭! 쉬잉! 슉! 슈슈슉!

불꽃이 속속 날아갔다. 바닷가에 있는 사람들이 하늘을 향해 불꽃을 쏘아 올렸다.

팡! 파바방! 퍼펑! 빠바바바바방!

빨간색, 녹색, 주황색 불꽃이 높지 않은 하늘 위에서 터졌다. 여기저기서 불꽃을 쏘아 올려서 모래밭에 화약 연기가 자욱하게 떠돌았다. 불꽃놀이는 오랫동안 그치지 않았다. 순례의 마지막 밤을 축하해 주는 것 같았다.

불꽃놀이가 끝나자 모두 숙소로 돌아갔다. 모래 묻은 발을 씻고 자리에 누웠다. 다들 잘 생각이 없는 것 같았다. 나도 그랬다. 마지막 밤에 잠을 자다니 말도 안 된다. 셋씩, 넷씩 모여서 이야기를 나누고 있는데 삼촌이 말도 없이 불을 껐다. 사람들이 아우성을 쳤다.

"누구야? 불 켜요!"

"오늘은 좀 놉시다."

삼촌은 대답 대신 컴퓨터에 연결된 영사기를 켰다. 제목 모를 음악도 잔잔하게 틀었다. 하얀 벽에 커다란 사진이 떴다. 첫날 광주 풀빛연합 앞에서 모두 몸풀기 운동을 하는 모습이었다. 방 안이 순식간에 조용해졌다. 곧 다른 사진이 떴다. 광

주 시내를 빠져나가는 모습을 찍은 사진이었다. 길바닥에 널브러져 있는 모습, 시골길을 달리는 모습, 섬진강을 따라 달리는 모습이 하나하나 벽에 떠올랐다.

본부 안이 조용했다. 모두 숨을 죽이고 사진을 지켜봤다. 언제 이렇게 많이 찍었을까 싶게 안 나온 곳이 없고 안 나온 사람이 없었다. 희정이 누나가 나무 밑에서 복숭아를 먹고 있는 사진이 나왔다. 홀쭉한 복숭아를 든 동혁이 형이 희정이 누나 복숭아를 애처롭게 바라보고 있었다. 강당 안에 웃음소리가 퍼졌다. 멋진 장면이 나오면 감탄사가 나왔다. 우리가 달려온 길이 사진 수백 장 속에 그대로 남아 있었다. 미시령에서 찍은 사진, 울산바위 앞에서 찍은 사진, 오늘 바닷가에서 뛰놀며 찍은 사진도 있었다. 사진이 끝나기 전에 눈이 감겼다. 불이 켜지고 사람들이 박수를 쳤는데 눈을 뜰 수가 없었다.

"사진은 모두 카페에 올려 놓을게요."

삼촌 목소리가 들렸다. 일어나고 싶었는데 온몸이 꽁꽁 묶인 것 같았다. 누군가 내 머릿속 스위치를 껐다.

"출발 준비!"

만석이 형이 소리를 질렀다. 정말 지긋지긋한 소리였는데 마지막이라고 생각하니까 그것마저 아쉬웠다. 헬멧을 쓰고 장갑을 끼고 자전거에 올라탔다. 만석이 형이 나와 은영이 누나를 앞으로 불렀다.

"오늘은 너희가 선두다."

자전거 바지를 입어 요란하게 씰룩대는 만석이 형 엉덩이가 거슬리기는 했지만 앞자리에서 달리는 기분은 근사했다. 구름 한 점 없는 여름 아침이었다. 하늘보다 바다가 더 푸르렀다. 우리가 달리는 7번 국도는 바닷가를 따라가는 길이었다. 오른쪽에는 바다, 왼쪽에는 높은 산이 끝없이 이어졌다. 뒤돌아보면 설악산과 울산바위가 점점 멀어졌다. 언덕이 없는 길이어서 달리기가 쉬웠다. 이제 몇 킬로미터 남지 않았다.

간성읍을 지나고 김일성, 이승만 별장이 있다는 화진포 호수를 지났다. 쉬는 시간에 삼촌이 참외를 돌렸다.

"마지막 간식입니다."

이렇게 맛있는 간식을 언제 또 먹어 볼 수 있을까? 씁쓸한 참외 꼭지까지 한 번 더 빨아 먹었다. 그리고 바로 후회하며 침을 몇 번이나 뱉었다.

달릴수록 거리가 줄어들었다. 만석이 형이 뒤를 돌아보며 외쳤다.

"10킬로미터!"

우리도 따라 소리쳤다.

"10킬로미터!"

만석이 형이 잠시 뒤에 다시 외쳤다.

"9킬로미터!"

"9킬로미터!"

갈수록 소리가 커졌다. 5킬로미터부터 만석이 형은 소리를 지르는 대신 손가락을 펴 보였다. 우리는 손가락을 보며 소리를 질렀다.

"사!"

"삼!"

"이!"

"일!"

통일전망대 매표소 앞에 자전거를 세웠다. 만석이 형이 우리를 돌아보며 말했다.

"여러분, 이것으로 순례를 마치겠습니다. 수고하셨습니다."

"와아!"

우리는 함성을 지르며 헬멧을 높이 던졌다가 받았다. 리나는 울지 않았고 배병진 아저씨만 울었다. 나는 눈물이 날락 말락 해서 하늘을 쳐다보았다. 삼촌이 한 사람씩 이름을 불러 완주증과 지도를 나눠 주었다.

"이름 허동혁, 위 사람은 '여행하는 자전거 친구'가 주최하는 제15회 자전거 순례를 완주하였으므로 이 증서를 드립니다."

우리나라 지도 위에 금빛 선이 예쁘게 그려져 있었다. 우리가 달려온 길이었다.

통일전망대는 자전거로 갈 수 없었다. 광수 아저씨가 승합차를 타고 나타났다. 우리는 승합차에 꼭꼭 끼여 타고 트럭에도 나눠 타서 겨우 통일전망대로 향했다. 꽁치로 가득한 통조림처럼 차 안이 꽉 차서 에어컨을 틀어도 더웠다. 다행히 통일전망대는 그리 멀지 않았다.

날씨가 좋아서 눈앞에 있는 산봉우리들이 손에 잡힐 듯 가까이 보였다. 멀리 보이는 봉우리들이 금강산이라고 했다. 길은 철조망으로 가로막혔지만 산과 바다는 사이좋게 북쪽을 향해 뻗어 있었다. 자전거를 타고 저 길 끝까지 달려 보고 싶었다.

삼촌한테 물었다.

"삼촌, 우리나라 끝나면 어디가 나와?"

"러시아지."

"러시아 끝나면?"

"유럽."

"유럽 끝나면?"

"아프리카."

"아프리카 끝나면?"

"바다 건너 아메리카."

가 보고 싶었다. 외국은 비행기로만 가는 곳이라 생각했는데 자전거로도 갈 수 있다. 눈앞에 보이는 저 철조망만 없으면 말이다.

삼촌이 씩 웃었다.

"땅끝까지 달려 보고 싶지?"

"어떻게 알았어?"

"여기 오면 다들 그런 생각 하더라."

"갈 수 있으면 좋을 텐데."

"난 갈 거야."

나는 다시 삼촌을 보았다. 고등학교도 못 나왔다는 삼촌, 취직도 못 했다는 삼촌이 전과 달라 보였다. 삼촌은 취직을 못 한 게 아니라 남과 다른 일을 하고 있을 뿐이었다. 좋아하는 일을 하는 삼촌은 자신 있어 보였다. 뭐든지 해낼 것 같았다. 삼촌이라면 자전거 세계 일주를 해낼 수 있을 것 같았다. 자전거로 지구를 한 바퀴 돈다니. 생각만 해도 숨이 막혔다.

"정말 자전거로 세계 일주를 할 수 있을까?"

삼촌이 씩 웃으며 대답했다.

"하루에 100킬로미터씩만 가면 돼. 힘들면 50킬로미터만 가도 되고. 더 힘들면 10킬로미터만 가는 거야. 멈추지만 않으면 돼."

할 수 있을 것 같았다. 삼촌이 사람들을 불러 모아 전망대를 내려갔다. 앞서가는 삼촌 등이 넓어 보였다.

자전거들을 모두 트럭에 실었다. 다시 꽁치 통조림 같은 차를 타고 속초에 있는 버스 터미널로 갔다. 시외버스 터미널에 사람들을 내려 줬다. 삼촌이 같이 내려서 자전거를 버스에 실어 주기로 했다. 나머지 사람들은 고속버스 터미널로 갔다. 만석이 형이 앞바퀴를 뺀 희정이 누나 자전거를 버스 짐칸에 실어 주었다. 영우 아저씨와 지은이 누나 자전거도 실었다.

희정이 누나가 새침한 얼굴로 만석이 형한테 말했다.

"나중에 연락해요. 복수할 테니까."

만석이 형이 씩 웃으며 희정이 누나와 악수를 했다. 동혁이 형이 고개를 갸웃거렸다.

"수상한데? 둘이 수상해!"

사람들이 버스에 올라탔다. 상옥이 아저씨는 자전거를 남겨 두고 버스에 탔다. 누워서 타는 자전거는 버스에 들어가지 않기 때문에 나중에 트럭에 실어 서울로 가져다주기로 했다.

시간이 되자 버스가 떠나 버렸다. 속초에 남은 사람은 리나와 웨인이었다. 둘 다 다음 주에 속초항에서 떠나는 배에 자전거를 싣고 중국으로 간다고 했다.

우리는 광수 짬뽕으로 돌아왔다. 주방에서 땀을 뻘뻘 흘리고 있던 치연 누나가 모자와 앞치마를 벗어 삼촌한테 내밀었다. 삼촌이 한숨을 쉬더니 모자를 받아 쓰고 앞치마를 둘렀다. 치연 누나는 광수 아저씨와 손바닥을 맞부딪치며 만세를 불렀다.

"우리는 지금부터 순례 준비할 거니까 방해하지 마!"

삼촌이 고개를 끄덕였다. 두 사람이 본부로 올라가 버렸다.

내가 삼촌한테 물었다.

"삼촌, 짜장면 만들 줄 알아?"

"그럼! 원래 교대로 했어. 그래도 8월에는 정말 싫다."

가게 전화기가 울렸다. 삼촌이 받았다.

"네, '산소 탱크 맥줏집'에 짬뽕 하나, 짜장 하나요. 네, 네."

만석이 형이 배달을 갔다. 또 가게 전화기가 울렸다. 삼촌이 주문을 받았다.

"방파제 등대 밑에 짜장면 곱빼기 셋, 알겠습니다."

삼촌이 철가방에 짜장면을 담더니 나를 불렀다.

"저기 방파제 보이지? 빨간 등대 밑에 낚시꾼들 있으니까 배달 갔다 와."

"나 배달 못 해."

삼촌이 내 등을 떠밀며 소리쳤다.

"짜장면 불으니까 1분 안에 달려가!"

여덟 시가 넘자 한가해졌다. 방파제와 모래밭으로 스무 번도 넘게 배달을 했더니 온몸에 힘이 빠졌다. 만석이 형이 영규 아저씨와 나를 불러 배달 다닐 곳들을 설명했다. 영규 아저씨야 '여자친구'에 취직을 했으니까 배달을 하라고 해도 할 말이 없겠지만 나는 달랐다. 배달을 하지 않겠다고 하자 삼촌이 말했다.

"그럼 설거지랑 서빙 맡을래?"

"나 일하기 싫다니까!"

"세상에 공짜가 어디 있어? 먹여 주고 재워 주면 밥값을 해야지."

기가 막혔다. 나는 양파를 까는 삼촌 옆에 앉아서 차근차근 따졌다.

"저기요, 초등학생한테 일 시키면 불법이거든요."

"식구니까 괜찮아."

"식구라면서 왜 밥값 대신 일을 시켜?"

"그럼 일 시키지 말고 돈 받을까?"

말이 안 통했다. 삼촌이 말했다.

"일하기 싫으면 집에 가든지."

집? 삼촌은 결국 나를 돌려보낼 생각이었다. 이해해 주는 척했지만 끝까지 함께 있을 생각은 없는 거다. 여기까지 왔는데 짐 취급을 받아야 한다니. 눈물이 핑 돌았다.

나는 광수 짬뽕을 나와 배달용 자전거를 탔다. 방파제 끝에 반짝이는 등대가 보였다. 방파제를 향해 페달을 밟았다. 길옆에는 민박집들이 줄지어 있었다. 집집마다 방문을 활짝 열어 놓아서 안에 있는 사람들이 보였다. 고기를 구워 먹고, 텔레비전을 보고, 수박을 잘라 먹고, 이야기를 하며 재미있게 노는 가족들이었다. 우리 집 생각이 났다.

문 닫은 광수 짬뽕으로 돌아와 가게 전화로 엄마한테 전화를 걸었다. 엄마는 전화를 받자마자 목소리를 높였다.

"호진아, 빨리 와. 엄마가 정말 속 터져 죽겠다."

"집에 가면 뭐가 달라져?"

"달라진 거 없어. 너만 돌아오면 돼."

"그래서 안 가. 달라지면 돌아갈 거야."

엄마가 대답이 없었다. 아빠가 삼겹살을 사 갔을까 궁금했다.

"아빠가 삼겹살 사 줬어?"

"그걸 어떻게 아니?"

"내가 부탁했어."

"네 아빠, 삼겹살만 두고 나가서 이틀째 들어오지도 않아. 헤어질 때 헤어지더라도 서로 지킬 도리가 있는 법인데."

"왜 자꾸 헤어진다고 그래? 난 어쩌라고!"

나도 모르게 큰소리가 나왔다. 엄마가 놀라는 게 느껴졌다. 내친김에 하고 싶은 말을 다 퍼부었다.

"그러면서 왜 자꾸 들어오라고 해? 내가 왜 집을 나왔는지 알기나 해? 엄마는 내가 바라는 게 뭔지도 모르잖아. 엄마 맘대로 안 된다고 화만 내잖아. 가족이 뭐 그래? 헤어지면 뭐가 달라져? 더 좋아져? 왜 다른 사람 생각은 하나도 안 하는 건데!"

엄마도 소리를 질렀다.

"그럼 나보고 어쩌라는 거야! 나 혼자 좋으려고 이러는 거니? 나도 지겨워! 돈은 밑도 끝도 없이 들어가는데 아무리 몸부림쳐도 손에 잡히지는 않고, 자식은 빚내서 대 주는 학원비 값도 못 하고, 남편은 무능력한 데다 관심도 없어. 그런데 왜 나한테만 뭐라고 해? 나 혼자 집안 꼴을 이렇게 만들었니? 너희도 공범이잖아. 다 필요 없어. 이렇게 외로울 거면 차라리 혼자 있을 거야!"

엄마가 전화를 끊었다. 머릿속이 멍했다. 내가 아빠와 공범이라는 생각은 전혀 못 했다. 아빠가 엄마를 힘들게 하고 엄마는 나를 힘들게 한다고만 생각했다.

나는 다시 전화기를 들었다. 아빠한테 확인하고 싶은 게 있었다.

"아빠, 어디 있어?"

"한강이다."

"집에 안 가?"

"가긴 가야지."

"궁금한 게 있어."

"뭐냐?"

"아빠가 인생의 황금기를 도둑맞았다고 했잖아."

"내가 그런 말을 했냐?"

"응, 했어. 누가 훔쳐 갔는지 알아?"

아빠는 말이 없었다. 나는 대답이 꼭 듣고 싶었다.

"아빠, 듣고 있어?"

"응."

"누가 훔쳤느냐니까? 엄마랑 나야?"

아빠가 한숨을 쉬고 잠시 뒤에 대답을 했다.

"아니야."

"알았어."

나는 전화를 끊었다. 아직 포기할 때는 아닌 것 같았다. 나는 생각을 정리했다. 엄마는 우리 집이 이렇게 된 건 모두의 책임이라고 했다. 아빠는 누군가한테 도둑맞은 인생의 황금기를 찾으려고 집 밖을 헤매는 것 같다. 그리고 나는 집에서 달아나 여기에 있다. 문제가 없는 사람이 없다. 이 문제를 해결할 수 있는 사람도 없다. 도움이 필요했다.

머릿속이 복잡했다. 나는 옆에 세워 놓은 자전거를 바라보았다. 자전거를 타고 가지산을 오르던 기억이 났다. 미시령을 오르던 기억도 났다. 그 밖에도 크고 작은 수십 개의 산들을 올랐다. 그때는 온 힘을 다해 페달을 밟았다. 아무 걱정도 불안도 없었다. 오로지 올라야 한다는 생각뿐이었다. 떠나 버린 사람들이 그리웠다. 그 사람들과 다시 한번 자전거를 탈 수 있다면 좋을 텐데. 자전거를 보고 있으니까 떠오르는 말이 있었다.

"땀은 고민을 없애 주고 자전거는 즐겁게 땀을 흘리게 하지. 난 그 기회를 영규한테도 주고 싶어. 내가 남한테 줄 수 있는 건 이것밖에 없어."

삼촌 목소리였다. 삼촌 말이 맞는다는 걸 인정할 수밖에 없었다. 그것 말고도 삼촌이 말하지 않은 게 있다. 멀리 떠나 보니 알 것 같다. 우리 식구도 함께 흘리는 땀이 필요하다. 함께 몸을 움직여 흘리는 땀. 자전거는 즐겁게 땀을 흘리게 해 준다.

나는 자전거를 타고 광수 짬뽕을 향해 달렸다. 광수 짬뽕은 불이 꺼져 있었다. 불이 켜진 '여자친구' 본부로 올라갔다. 삼촌이 치연 누나 다리를 베고 누워 있었다. 두 사람은 웃으며 이야기를 하다가 나를 보고 깜짝 놀랐다. 얼굴이 빨개진 삼촌이 더듬거렸다.

"호진아, 오, 오해하지 마. 치연이는 내 여자 친구야."

"맞아. 미리 이야기할걸."

나는 두 사람을 보고 물었다.

"결혼도 할 거야?"

두 사람이 동시에 고개를 끄덕였다.

"그럼 됐어. 나 삼촌이랑 누나한테 부탁할 게 있어."

나는 두 사람 앞에 허리를 펴고 앉았다. 절대 거절당해서는 안 되는 부탁이었다. 거절당하지 않으려면 우습게 보이지 않아야 한다.

"치연 누나, 순례 언제 떠나요?"

"사흘 뒤에, 서울에서 출발해. 왜?"

"참가비 외상도 돼요?"

"외상?"

"나중에 꼭 갚을게요. 이번만 외상 해 줘요."

삼촌과 누나가 서로 얼굴을 보았다. 둘한테 내 계획을 들려 주었다.

“우리 아빠랑 엄마가 순례에 참가하면 좋겠어요. 함께 비도 맞고 더워서 고생도 하면 좋겠어요. 산도 오르고 모닥불 앞에 앉아서 이야기도 나누면 좋겠어요. 그럼 뭔가 달라질 거 같아요. 꼭 그래야 돼요. 꼭…….”

창피하게 눈물이 나오려고 했다. 치연 누나가 내 어깨를 토닥이며 말했다.

“내 인생에 외상은 없지만 이번만 봐줄게. 투자라고 생각하지, 뭐.”

삼촌이 나한테 물었다.

“형이랑 형수님이 자전거를 타려고 할까?”

“그건 나한테 맡겨. 그리고 내가 여기 있다는 건 비밀이야.”

“비밀 지킬 테니까 배달이나 열심히 해.”

나는 삼촌 말고 치연 누나한테 대꾸했다.

“누나, 고마워요.”

“고맙긴, 내가 고맙지.”

뭐가 고맙다는 건지 알 수 없었다.

치연 누나와 광수 아저씨가 출발 준비를 마쳤다. 내일 서울을 향해 출발하고 모레 제16회 순례가 시작된다. 나는 하루 종일 배달을 다니느라 바빴다. 마을이 작아서 자전거로도 충분했다. 해가 지고 광수 짬뽕이 문을 닫았다. 나는 가게가 비기를 기다렸다가 휴대전화를 들었다. 전화를 걸기 전에 심호흡을 했다. 이번 전화는 다른 때와 다르다. 연기가 필요하다.

번호를 누르자 신호가 가고 곧 엄마 목소리가 들렸다.

"호진이니?"

"응. 엄마, 나 부탁이 하나 있어."

"뭔데?"

"나 좀 데리러 와 줘."

"알았어! 지금 어디야?"

벌떡 일어선 엄마 모습이 보이는 것 같았다.

"좀 먼 데야. 가방에 운동복이랑 갈아입을 옷이랑 챙겨서 모레 아침 일곱 시에 올림픽공원 광장으로 나와 줘."

"그게 무슨 소리야?"

"엄마, 한 번만 내 부탁 들어줘. 그럼 나도 엄마 부탁 들어줄게."

엄마가 잠시 고민을 하는 것 같았다.

"와 줄 거지? 엄마가 날 데리러 오지 않으면 다른 데로 도망가 버릴 거야. 아무도 못 찾는 곳에 가서 절대 연락하지 않을 거야. 엄마, 제발 나 좀 데리러 와 줘, 응?"

엄마가 한숨을 쉬더니 말했다.

"알았어. 갈게. 그런데 갈아입을 옷은 왜 필요해?"

"나 있는 데 오려면 며칠 걸려. 아주 멀거든."

"올림픽공원으로 오라며?"

"나는 딴 데 있어. 암튼 일단 가 보면 알아."

"……할 수 없지. 내일 회사 출근해서 휴가 내야겠다. 며칠이나 걸리니?"

"오래 걸려. 보름도 더 걸릴지 몰라."

"보름?"

엄마 목소리가 높아졌다. 엄마가 화를 내기 전에 막아야 했다.

"엄마, 나 진지하게 말하고 있는 거야."

"너, 네가 지금 무슨 말 하는지 알고 있는 거지?"

"응. 엄마, 고마워. 아주 많이."

전화를 끊고 생각해 보니 엄마한테 고맙다는 말을 참 오랜만에 했다. 미안했다.

아빠는 전화를 잘 받지 않았다. 마음이 급해졌다. 엄마만 와서는 안 된다. 아빠랑 같이 와야 내 계획이 성공한다. 기다렸다가 다시 전화를 걸었다. 이번에는 받았다. 주위가 시끄러웠다.

"아빠, 또 술 마셔?"

"응. 친구가 이놈밖에 없구나."

"아냐, 또 있을 거야."

"누가 좀 있으면 좋겠다. 왜 이렇게 헛헛하냐?"

"아빠, 나 부탁 있는데."

"그런 거 하지 마라. 난 아무 힘도 없다."

"부탁 들어주면 날 때린 거 용서할게."

아빠가 대답을 하지 않았다. 내가 다시 말했다.

"나 좀 데리러 와 줘."

"나도 누가 날 좀 데리러 와 주면 좋겠다."

"다음에는 내가 갈게. 이번에는 아빠가 와 줘."

"어디 있냐?"

아빠한테 시간과 장소와 준비물을 알려 줬다. 아빠가 잠시 말이 없다가 큰 소리로 웃었다. 그것뿐이었다. 정말 오랜만에 듣는 아빠 웃음소리였다.

치연 누나한테 둘을 꼭 부산까지 데리고 가 달라고, 한 사람이라도 중간에 그만두게 하지 말아 달라고 거듭 부탁했다. 치연 누나가 고개를 끄덕였다.

광수 아저씨와 치연 누나가 트럭에 짐을 실었다. 엄마 아빠가 탈 자전거도 실었다. 나는 치연 누나한테 엄마 아빠 전화번호를 알려 줬다. 둘은 손을 흔들며 떠났다.

삼촌과 나, 영규 아저씨만 남았다. 만석이 형은 알아볼 게 있다며 속초 시내로 나가 버렸다. 삼촌이 주방에 들어가서 반죽 기계를 돌려 국수 뽑을 밀가루 반죽을 만들었다. 영규 아저씨와 나는 감자랑 양파 껍질을 벗겼다. 영규 아저씨가 자꾸 내 눈치를 봤다. 짜증이 났다.

"왜요?"

"내가 뭘?"

"아저씨가 자꾸 눈치 보잖아요."

"내가 무슨 눈치를 봤다고 그래? 도와줄까 하고 본 거지. 그리고 나 아저씨 아니야."

"아저씨가 아저씨 아니면 아줌마예요?"

"나 만석 씨랑 동갑인데, 왜 나만 아저씨냐?"

"아저씨도 형이라고 불러 줘요?"

"그럼 고맙지."

"좋아요. 대신 부탁 하나 들어줘요."

영규 형이 고개를 끄덕였다. 가장 바쁜 점심때가 지나면 영규 형 혼자서 배달을 하기로 했다. 나는 따로 할 일이 있었다.

점심 배달이 끝나고 늦은 점심을 먹었다. 나는 삼촌한테 이야기를 하고 본부에 가서 벽에 걸린 큰 지도 앞에 섰다. 제

16회 순례는 서울, 천안, 익산, 김제, 영광, 광주, 목포, 제주도 찍고 완도, 보성, 진주, 창원, 부산으로 간다. 나는 완주 기념으로 받은 지도에 16회 팀이 갈 코스를 그려 넣었다.

나는 우리나라의 가운데 부분을 여행했다. 엄마 아빠는 서쪽과 남쪽을 여행하게 된다. 동해안을 빼고는 우리나라 대부분을 거치는 지도가 그려졌다. 나는 동해안을 따라 고성에서 부산으로 이어지는 길을 찾았다. 속초, 강릉, 동해, 포항, 부산을 잇는 7번 국도다. 나흘이나 닷새쯤 걸릴 것 같다. 혼자서 갈 수 있을까? 먼저 여행을 다녀온 삼촌한테 물어봐야겠다.

엄마 아빠가 부산을 향해 오는 동안 나는 부산을 향해 떠난다. 부산에서 엄마 아빠를 만나 셋이서 다시 서울을 향해 출발한다. 서울까지는 닷새쯤 걸릴 것 같다. 처음으로 하는 가족 자전거 여행이 될 것이다. 우리 가족은 어떤 여행을 하게 될까? 여행이 끝나면 어떤 모습으로 바뀌게 될까?

다음 날 아침 삼촌한테 내 계획을 이야기했다. 삼촌은 진지하게 듣더니 지도를 손가락으로 짚어 가며 내가 가야 할 길을 사진을 보듯 선명하게 설명해 주었다. 나는 삼촌 설명이 끝나자 박수를 쳤다.

"삼촌, 정말 대단하다. 우리나라가 머릿속에 다 들어 있는 것 같아."

"거의 그렇지. 이 정도는 돼야 자전거 여행 전문 여행사를 차리지 않겠냐?"

"그럼 삼촌이 사장님 되는 거야?"

"치연이가 사장이 되고 나는 직원이 될걸? 지금도 돈 관리는 치연이가 다 하니까."

삼촌은 분명한 꿈을 향해 한 걸음씩 확실하게 다가가고 있다. 성공할 것 같다. 나 같은 외상 손님한테도 친절한 걸 보니 그렇다.

"만석아, 이리 와 봐."

"왜?"

"너 유학 가기 전에 혼자 전국 일주 한번 한다고 그랬지?"

"응."

"호진이가 부산까지 자전거 타고 싶단다. 동해안 타고 내려갈 때 데리고 가라."

"오! 호진이 대단한데? 알았어. 부산까지만이다."

고마울 뿐이다. 삼촌 휴대전화에 치연 누나가 보낸 문자 메시지가 도착했다.

—서울 출발. 현재 수원성에서 쉬고 있음. 아주버님과 형

님 잔디밭에 누워 버렸음. 끝까지 잘 데리고 가겠음.

드디어 엄마 아빠의 순례가 시작됐다. 나는 광수 짬뽕을 나와 방파제 위에 앉았다. 수평선 너머에서 밀려온 파도가 방파제 앞에 솟아 있는 바위에 부딪혀 하얗게 부서졌다. 바다를 엄마 아빠와 함께 바라보고 싶다. 곧 그렇게 될 것 같다.

자전거 뒤에 철가방을 싣고 달려가는 영규 형이 보였다. 영규 형도 자전거 실력이 많이 늘었다. 부지런히 돌아가는 자전거 바퀴가 햇빛에 눈부시게 반짝였다.

자전거 도둑과 자전거 여행

나는 누구도 따라오지 못할 자전거 기록을 하나 가지고 있어. 모두 우아! 입을 딱 벌리지만 절대 부러워하지 않는 이상한 기록이지. 지금까지 잃어버린 자전거가 모두 열여섯 대, 잘하면 차도 한 대 살 수 있을 만큼이야. 사실 잃어버렸다기보다 도둑맞았다는 게 정확해. 어딜 가나 함께 다니던 자전거를 잃어버리면 한 달은 남의 자전거만 바라보게 되지. 엄마를 졸라 새 자전거를 사고 정이 들 만하면 또 도둑맞고, 도둑맞고, 도둑맞았지.

그렇게 헤어진 자전거들이 세상 어딘가에서 아직 쌩쌩 달리고 있을까? 이젠 내 옆을 지나쳐도 서로 알아보지 못할 거야. 생각해 보니 다시 화가 난다. 내 자전거를 훔친 기억은 벌써 깡그리 잊었을 자전거 도둑 열여섯 놈아! 잘 먹고 잘살다가 너희들 자전거도 도둑이나 맞아라! 나한테 걸리면 안장 없는 자전거로 서울에서 부산까지 자전거 여행을 시킬 테니까 한번 걸리기만 해 봐라.

가끔 물어보는 사람들이 있어. 왜 그렇게 자전거를 좋아하느냐고. 난 쉽게 대답하지 못하지. 물론 자전거를 타면 재미있고, 친구도 사귈 수 있고, 차비도 아끼고, 지구도 살리고, 온몸이 건강해지지만 그보다 더 좋은 이유가 있는데 짧게 설명할 수가 없는 거야. 어떻게 단 한마디로 설명할 수 있겠니?

자전거 위에서 바라보는 세상은 또 다른 세상이야. 자전거를 타면 나는 신화 속의 반인반마 켄타우로스가 되는 거야. 출발에서 도착까지 과정이 더 즐거운 여행이야. 8월 녹아내리는 태양 아래서도 즐겁게 땀 흘릴 수 있는 거야. 그 바람, 그 햇빛, 시원한 한 모금, 좋은 사람들, 죽을 때까지 잊지 않을 추억들, 산, 강, 텐트, 처음 가 본 도시, 시골 마을, 소나기, 라면, 아이스크림……. 자전거 여행을 하며 그 밖에도 많은 것을 사랑하게 되었는데 이걸 어떻게 한마디로 말해?

그래서 난 이렇게 대답해. 자전거를 타면 나 자신을 만날 수 있다고. 자신이 싫을 때, 힘들 때, 포기하고 싶을 때, 외로울 때, 누군가를 사랑하고 싶을 때, 마음속에 숨은 나 자신과

이야기하고 싶을 때, 어딘가로 도망치고 싶을 때, 그럴 때 나는 자전거를 권해. 이건 비밀인데, 자전거 페달을 돌리면 마음속 우물에서 두레박 가득 우물물이 올라와. 돌릴수록 자꾸 올라와. 다들 자기 마음속에 그런 우물이 있었다는 것에 놀라고, 메마른 줄 알았는데 시원하고 달콤한 물이 이렇게 펑펑 쏟아진다는 것에 놀라지.

그래서 나는 자전거가 좋아. 자전거 타기 좋은 나라는 사람 살기 좋은 나라야. 언젠가 통일이 돼서 자전거로 유럽과 아프리카까지 갈 수 있는 날을 꿈꾸며 하루하루 열심히 페달을 밟을 거야. 그날이 오면 함께 자전거 바퀴로 지구를 돌리러 가지 않을래?

말 나온 김에 하나 더! 사실 나는 또 다른 자전거 기록도 가지고 있어. 자전거로 자동차를 끌어 본 적이 있지. 음하하하하!

겨울 강원도 고성에서 시작한 이야기를 여름 전라도 구례에서 마치며

김남중